나눔의 온도
배움의 품격

나눔의 온도 배움의 품격

발행일 2018년 3월 16일

지은이 서울여자대학교 교수·학습센터 서비스-러닝 지원부
펴낸이 손 형 국
펴낸곳 (주)북랩

편집인 선일영 **편집** 권혁신, 오경진, 최승헌, 최예은
디자인 이현수, 김민하, 한수희, 김윤주, 허지혜 **제작** 박기성, 황동현, 구성우, 정성배
마케팅 김회란, 박진관, 유한호
출판등록 2004. 12. 1(제2012-000051호)
주소 서울시 금천구 가산디지털 1로 168, 우림라이온스밸리 B동 B113, 114호
홈페이지 www.book.co.kr
전화번호 (02)2026-5777 **팩스** (02)2026-5747

ISBN 979-11-6299-034-6 03810(종이책) 979-11-6299-035-3 05810(전자책)

(주)북랩 성공출판의 파트너

북랩 홈페이지와 패밀리 사이트에서 다양한 출판 솔루션을 만나 보세요!

홈페이지 book.co.kr • **블로그** blog.naver.com/essaybook • **원고모집** book@book.co.kr

나누기 위한 배움을 실천하고 있는
서울여자대학교의 '서비스-러닝' 프로젝트

나눔의 온도
배움의 품격

서울여자대학교 교수·학습센터 **서비스-러닝 지원부** 지음

서울여자대학교 교수와 학생이 17년째 실천하고 있는
배움의 새로운 패러다임

'서비스-러닝'에 관한 13가지 이야기

북랩 **book** Lab

편집자 서문

{ 새로운 시대의 문을 여는 사람,
서비스-러너(Service-Learner) }

"제4차 산업혁명이 시작되었습니다." 새로운 시대를 맞이하며 우리는 도전과 기대로 설레고 있는가? 아니면 염려와 부담으로 두려운가? 생각해보면, 늘 그랬던 것 같습니다. 미래를 알 수 없다는 인간의 한계로, 우리는 언제나 설렘과 두려움 사이에서 선택을 합니다.

이때 새로운 시대의 문을 여는 사람은, 언제든지 겪을 수 있는 실패나 좌절에 대해서 그것이 '결론이 아니라 과정'이라는 긍정적인 태도를 가지고 도전을 선택하는 사람입니다. 세상은 '혼자 빨리 가는 것'이 최선이라고 우리를 재촉하지만, '더불어 함께 멀리 가는 것'이 훨씬 안전하고, 결국 자신을 위한 길일 뿐 아니라 비교할 수 없이 더 행복하다는 것을 경험을 통해 배우는 사람이 미래의 문을 열 수 있습니다. 그 사람은 조금이라도 더 유익한 것으로 남을 위해 열심히 배우고, 배우기 위해 나누면서(Share to Learn, Learn to Share), 그것이 너무 즐거워서 평생 그 열정을 멈추지 않는 사람입니다. 그렇게 그는 생명과 같은 시간과 노력, 적지 않은 비용을 기꺼이 들여서 섬기며 배우고 실천하면서 4차, 5차, 6차⋯ 새로운 시대의 문을 계속 열어갈 것입니다.

서비스-러닝(Service-Learning)은 이런 '세상을 섬기는 리더'를 키우기 위해, 서울여자대학교(이하 서울여대)에서 2001년부터 도입된 교육방법입니다. 진정한 대학교육을 위해 고민하며 가르치던 교수님들이 '학문'과 '실천', '교실 수업'과 '현장'을 연결한 수업 모델을 프로젝트 삼아 도전했습니다. 그 성과를 바탕으로 2005년 1학기에는 Center for Teaching and Learning(CTL)에 S-L지원부를 신설하고, 서비스-러닝을 1학점(P/F 평가) 정규교과로 운영하기 시작하여 지금까지 발전하고 있습니다. 국내 서비스-러닝과 함께 2005년 여름에는 동북아시아의 협력과 발전을 목표로, 홍콩 정치대학과 일본 International Christian University(ICU) 학생들과 함께 4주간의 봉사활동과 성찰을 통해 성장하는 글로벌 서비스-러닝(Global Service-Learning) 교류 Exchange 프로그램이 국내와 홍콩, 일본에서도 각각 진행되어 2011년부터는 홍콩 링난대학교(Lingnan University)와도 교류하고 있습니다. 서울여대는 2010년 ACE 사업[1]의 지원을 받아서 국내 서비스-러닝은 매 학

---

1 ACE 사업: Advancement of College Education 사업. 학부교육선도대학육성사업.

나눔의 **온도**
배움의 **품격**

기 60여 개 서비스-러닝 과목이 개설될 정도로 확대되었고, 국내 서비스-러닝의 심화과정으로써의 글로벌 서비스-러닝 아웃리치를 베트남(Vietnam), 필리핀(Philippines), 캄보디아(Cambodia), 인도(India, 겨울), 몽골(Mongolia, 여름)로 각 10~15여 명의 팀을 선발하여 방학 때마다 파견하고 있습니다. 2017년 1월과 2018년 1월에는 영양학과(지도교수 이영민/캄보디아, 몽골)와 의류학과(지도교수 송미경/말레이시아)에서 전공수업 연계 글로벌 서비스-러닝으로 개발하여 해당 지역을 다녀왔습니다.

어제, 작년에 캄보디아와 필리핀에 각각 다녀온 학생 두 명이 찾아왔습니다. 다음 학기를 휴학하고 그동안 열심히 모은 돈으로 한 달 반 동안 캄보디아와 필리핀을 다시 방문해서 디지털미디어 전공을 살려 할 수 있는 봉사활동들을 하며 사랑을 나눌 계획이라면서 조언을 구했습니다. 현지에서는 작년에 사귄 친구들과 현지 활동가분들이 이 학생들의 재방문을 기쁘게 기다리고 있습니다. 이 학생들의 경우와 같이, 그동안 서비스-러닝을 수료한 후 학점을 받지 않고도 지속해서 나눔과 배움을 이어가는 학생들이 있고, 졸업 후에도 활동을 이어가는 학생, 기관에 취업해서 봉사가 삶이 된 학생의 사례들도 있습니다. 같은 기관의 같은 활동은 아니더라도 서비스-러닝에서 경험을 통해 몸으로 배운 것들, 즉 공감과 배려, 성찰과 실천, 긍정적 태도, 세계시민의식 등이 학생들에게 새로운 문을 힘차게 두드릴 수 있는 용기를 주고, 그 문을 활짝 열 수 있는 지식과 지혜를 주고 있습니다.

본서는 그들의 서비스-러닝 이후의 이야기들을 재학생, 졸업생들을 대상으로 공모해서 선정된 작품을 국내 서비스-러닝과 해외 서비스-러닝으로 나누어 묶고, 서비스-러닝의 모든 과정을 함께 해주신 CTL S-L지원부의 조정원 연구원과 한진희 선생님, 그리고 서비스-러닝의 시작부터 글로벌 서비스-러닝까지 아울러 늘 함께 성장해주신 (새아시안프렌즈의 유지향 간사님의 소중한 글을 국내와 해외 스토리 앞에 함께 실었습니다. 공모에 참여한 학생들의 글 모두가 너무나 감동적인 작품들이었기 때문에 선정하는 데에 심사위원들의 많은 노고가 있었습니다. 이 자리를 빌려 심사위원들에게 감사의 말씀을 전합니다.

해마다 800여 명의 서비스-러닝 학생들이 소중한 나눔과 배움을 경험하며 이후의 성장이야기를 쓰고 있습니다. 그 이야기는 학생들만의 이야기가 아니라 서울여대와 협력파트너 선생님들이 함께 쓰는 사랑 이야기(Love Story)입니다. 특히, 서비스-러닝을 도입할 때 CTL 센터를 설립하고 센터장으로 오랫동안 섬겨주셨던 박승호 교수님과 United Board for Christian Higher Education 프로젝트로 발판을 마련해주신 이귀우 교수님, 교육에 헌신적이신 '서울여대 모든 교수님', 그리고 아낌없는 지원과 격려를 쏟아주신 이광자 전前 총장님과 전혜정 총장님, CTL의 S-L지원부에서 함께 섬겨주신 많은 선생님들, 이재성 센터장님, 하경수 실장님, 이종일 팀장님이 본서의 아주 중요한 숨은 저자들입니다. 그리고 매 학기 협력해주시는 100여 개의 든든한 지역기관과 선생님들, 특별히 글로벌 서비스-러닝의 출발을 도

나눔의 **온도**
배움의 **품격**

와준 한국유네스코, 그리고 ㈜아시안프렌즈의 김준식 전前 이사장님과 이남숙 이사장님 등 함께 해주신 많은 간사님께 진심으로 깊은 감사를 드립니다.

우리들의 성장이야기는 여전히 진행형입니다. 그중 작은 열매를 담아 이 책을 발간하는 목적이 있습니다. 이 책을 읽은 후에는 강남역을 지날 때 "홈리스 자활을 돕는 빅이슈"라는 외침이 우리들의 가슴을 울리면 좋겠습니다. 왕십리에 있는 ㈜아시안프렌즈가 어떤 곳인지 찾아보고, 필리핀을 관광지가 아닌 우리의 이웃으로 사랑하면 좋겠습니다. 그렇게 가슴이 따뜻하고 섬기는 손이 바쁘고 깨끗한 "섬기는 리더"를 키우는 것이 이 책을 세상에 내놓는 목적입니다. 나눔과 배움, 서비스-러닝을 통해 이 땅의 모든 사람들이 세상을 섬기는 리더로 성장하고, 용기와 지혜로 시대를 활짝 열어내는 이야기가 풍성하게 나눠지기를 설레는 마음으로 기대합니다.

서울여자대학교 Center for Teaching and Learning(CTL)
서비스-러닝 담당 교수 유숙영

출간사

{ 대학생이라면 이들처럼 }

학생들에게 본인의 인생그래프를 그려보라고 하면, 많은 학생이 대학 입학 전 그래프를 바닥에 닿도록 그립니다. 이는 이들이 대학입학을 목표로 얼마나 힘든 시간을 거쳤는지를 보여줍니다.

그렇게 시작한 대학 생활이 학생들이 기대했던 것처럼 대학다운 생활이라면 좋겠습니다. 서울여자대학교에 들어온 학생이라면, 사회와 역사와 시대 속에서 자신의 사명을 찾고 배움의 목적과 가치를 알아서 이뤄가는 행복한 발걸음이 대학교에서 시작되기를 바랍니다. 대학생활은 나 자신을 시대가 필요로 하는 인재로 성장하며 준비하는 과정이기도 하지만, 무엇보다 의미 있고 행복한 삶 그 자체이어야 합니다.

나눔의 온도
배움의 품격

그래서 학생들은 서울여대 서비스-러닝 과정을 통해 교실뿐 아니라 삶의 현장에서 나눔과 섬김을 실천하면서 때로는 좌절하고 깨집니다. 함께 가치를 세우고 성장하면서 행복이 무엇인지 경험합니다. 그리고 그렇게 배운 것까지도 나눌 때, 이것이 더 의미 있고 커진다는 것을 체험으로 알게 됩니다. 행복한 그들의 '서비스-러닝, 그 이후 이야기'를 책으로 더 많은 분과 나눌 수 있어서 참 기쁩니다. 이 책은 그 내용을 나눈 학생들에게는 이 책에 담은 꿈과 비전을 추진하고 실현할 힘이 될 것이며, 이 땅의 대학뿐 아니라 모든 교육현장에서도 나눔과 배움(서비스-러닝)을 통해 아름다운 행복과 감동이 만들어지기 위한 디딤돌이 될 것입니다. 참여한 모든 학생뿐 아니라 서비스-러닝(Service-Learning)으로 행복을 만들어가는 모든 서비스-러너(Service-Learner)들에게 힘찬 응원과 격려를 보냅니다!

CTL센터장 이재성

Share
-THE-
Love

목차

서비스-러닝

Part 01
국내

Beyond Service, More than Learning

서울여자대학교 Center for Teaching and Learning
서비스-러닝 & 글로벌 서비스-러닝 담당연구원 조정원

○ Before 서비스-러닝, 이거 학점 때문에 하는 거 아니었어?

서울여자대학교에서 서비스-러닝(Service-Learning) 담당 연구원으로 일하면서 학생들과 교수님들에게 수없이 많이 들었던 말은 "1학점치고 하라는 게 너무 많아요!"다. 서비스-러닝을 수강하는 학생들은 그들의 지식으로 지역사회로 나아가 필요한 이들에게 봉사한다. 그리고 거기서 그치는 것이 아니라 매 순간 고민하고 배우며 성장하기를 강조하고, 이를 성찰 일지에 옮겨 적어야 한다. 일분일초를 전공학점과 취업에 투자해야 하는 학생들은 전공학점과 취업 준비 대신 나눔의 학습 현장으로 나아간다.

학기 초 서비스-러닝을 수강하는 학생들에게 오리엔테이션을 제공한다. 그때마다 학생들에게 왜 서비스-러닝을 수강하게 되

나눔의 **온도**
배움의 **품격**

었는지 물어본다. 중·고등학교 때부터 나눔의 삶이 몸에 밴 학생들이 있는 반면, 대다수 학생의 수강 동기는 1학점이 필요하기 때문이라고 한다. 서비스-러닝이 어떠한 것인지 호기심으로 수강한 학생들, 전공 학습에 도움이 될 것 같아서 수강한 학생들도 있고, 어떤 학생은 수강 동기에 대한 질문에 "남자친구한테 차여서 힘든데 몸이라도 좀 바쁘면 덜 힘들겠지요."라고 답하기도 했다.

이처럼 학생들의 수강 동기는 다양하지만, 모두 어떠한 필요에 의해 서비스-러닝을 듣게 된다. 물론 수강 후의 반응은 각양각색이다.

○ After 서비스-러닝, 이거 할 만한데?

학생들은 성장한다. 어른들이 대학생이라고 정의한 그 한계보다 훨씬 더 성장하는 학생들을 매 학기 볼 수 있다. 귀찮다고 투덜대던 한 학생은 막상 서비스-러닝을 해보니 '내'가 아닌 '남'을 위해 쓴 자신의 시간과 지식이 왠지 더 뿌듯하고 가치있다고 느꼈다고 한다.

서비스-러닝은 대학 4년 동안 3번 수강할 수 있다. 한 번만 수

강하고 더 이상 수강하지 않는 학생들도 있고, 서비스-러닝의
팬이 되어 3번의 수강 후에도 별도의 학점과 대가 없이 서비스-
러닝을 이어가는 학생들도 있다.

　요즘 대학생들은 취업을 위해 바쁘고, 돈을 벌기 위해 바쁘
다. 학기 중에는 학자금 대출을 갚기 위해 아르바이트를 하
며 학점을 유지해야 한다. 그리고 대기업 취업을 위해 최소한
3.8/4.5점 이상으로 학점을 유지하려고 한다. 게다가 대부분 학
점은 상대평가로 점수가 부여되기 때문에 옆 친구를 제치고 내
가 올라가야 한다. 방학 중에는 토익 학원, 컴퓨터 학원, 한자
학원 등 본인의 스펙(specification)에 도움이 되는 자격증을 따기
위해 각종 학원이란 학원은 모두 다녀야 한다. 그래서 이 수업
을 수강하는 학생들은 이러한 소중한 시간을 내려놓고 서비스-
러닝 활동을 하러 가야 하기 때문에 소위 '스펙 쌓기'에 뒤처지
지 않을까 우려하기도 한다.

　하지만 이러한 상황에서도 서비스-러닝을 수강하는 학생들은
나에게 투자하는 그 시간만큼이나 남을 위해 쓰는 시간의 중요
성과 재미를 서서히 알아간다. 혼자만의 이익을 위하여 공부하
는 것보다 남을 위해 공부했을 때 전공지식이 더 늘었다는 학생

나눔의 **온도**
배움의 **품격**

들, 내성적이고 소심한 성격에서 아이들과 기관 선생님을 대하면서 밝아졌다는 학생들, 진로 결정에 많은 도움이 되었다는 학생들, 삶의 의미에 대해 다시 한번 되돌아볼 수 있었다는 학생들…. 학생들은 그들만의 서비스-러닝의 정의를 내리며 이 활동이 제법 할 만한 활동이라고 여기게 된다.

"안전하게 실패해 볼 수 있어서 좋았어요."
아동학과 전공인 한 학생이 학기 말 종합평가회에서 한 이야기이다. 교실 안에서 아동에 대한 이론을 충분히 배우고 서비스-러닝 활동을 갔다고 생각했는데, 통제가 안 되는 아이들 때문에 골머리를 앓다가 한 학기가 끝이 났다고 한다.

교육학자인 존 듀이(John Dewey, 1895~1952년)는 "학습이란 이미 갖고 있는 경험을 새로운 정보의 습득으로 결합하는 역동적인 과정"이라고 했다. 하지만 이러한 모든 경험이 곧 교육이 될 수는 없다. 교육적이지 못한 경험도 있고, 정말 좋은 경험을 하더라도 교육적으로 승화되지 못하는 경우도 있기 때문이다.
위의 학생처럼 어떤 학생은 활동하면서 실패의 경험을 '학교 울타리 안에서 안전하게 실패해 보고 나의 능력을 되돌아볼 수 있는 기회였다'라고 승화하는 반면, 또 다른 학생은 실패를 '역시, 나는 안 돼'하고 자기의 능력에 한계를 지어버리면서 끝내버리기도 한다. 그래서 서비스-러닝은 학생들이 전자의 선택을 할 수 있도록 성찰을 더욱 강조하고 교육을 제공하며 되돌아볼 수 있는 조용한 시간을 가지길 요구한다.

O Beyond 서비스-러닝, 삶이 된 나눔의 학습

서비스-러닝을 세 번 모두 수강한 학생과 함께 식사를 한 적이 있다. 피자집을 갔는데, 학생이라 배가 고픈지 허겁지겁 먹는 모습이 안 돼 보여 감자튀김을 더 시켜 주었다. 하지만 그 감자튀김은 학생이 손대지 않아 접시 위에서 식어갔다. '괜히 시켰네, 또 버리겠다!'라고 생각하는 순간, 이 학생이 "선생님, 안 드실 거면 제가 포장해 가도 될까요? 가는 길에 제가 봉사하는 센터가 있어서 잠깐 들러서 거기 아이한테 주려고요."라고 이야기했다.

짧은 한 마디였지만 나에게는 너무 큰 울림이 있었다.

대부분의 사람은 엄청나게 좋은 것만을 주어야 진정으로 귀한 나눔이라고 생각한다. 피자집에서 남은 감자튀김까지 나눠도 되는 줄 알지 못한다. 나는 이 학생을 보면서 나눔이 우리가

나눔의 **온도**
배움의 **품격**

생각해오던 범위보다 넓다는 것을 느낄 수 있었다. 나눈다는 표현보다도 연다는 표현이 더 가깝다고 느꼈다. 우리는 나누기 위해서 시간을 내어 무언가를 하고, 나누기 위해서 무언가를 샀다. 그런데 진정한 나눔은 내가 가진 것을 그저 열어주기만 하면 되는 것이었다. 나의 생활을, 내가 가진 것을 그저 열어주기만 하면 누군가에게는 좋은 선물이 될 수 있다는 것을 그 일화를 통해 느꼈다. 나누는 것은 활동이 아니다. 그냥 삶의 일부이다. 나는 '이 시간은 나누기 위해서 봉사를 해야지' 라든지 '내일은 이런 활동을 할 거야'의 태도로 나눔을 실천하는 사람이 아니라, 나눔이 삶으로 스며든 학생을 보았다.

나누는 것은 잠시의 순간과 한 번의 선택이나 어떤 활동이 아니다. 나눔은 그냥 삶이고, 나누는 것이 삶과 어우러지는 것이라는 것을 그 학생은 벌써 깨달은 것이다. 그리고 그 학생의 말이 더 감동으로 왔던 것은 그 말과 행동이 누구를 의식해서 그런 것이 아니라 그냥 그것이 그의 평소 생활이라 느껴졌기 때문이었다. 이렇게 진정한 봉사란 봉사 '활동'이 아닌, 삶으로 자연스럽게 스며든 습관적 공감과 배려가 아닐까 하는 것을 이 학생을 통해 알 수 있었다.

O epilogue. facilitator로서의 역할

서비스-러닝은 '배움이 누구를 향해 있는가?'를 근본적으로 묻고 답해줄 수 있는 교육방법이다. 그러한 측면에서, 우리 학생들이 자신의 명예와 높은 자리만을 위해서 끊임없이 배우는 학생들이 아니길 바란다.

20대의 학생들을 교육하면서, 우리 어른들은 빚을 갚는다는 심정으로 그들을 도와야 한다는 것을 많이 느낀다. 우리 학생들보다 먼저 지금의 문화 풍토를 만든 어른들의 빚, 경쟁을 조장해서 경주마처럼 주변의 사람들을 보지 못하게 만든 빚, 명절 때 조카들을 보면서 "공부는 잘하니?" 물으며 공부만 잘하면 된다는 인식을 나도 모르게 심어준 빚, '남'에게 피해 안 줄 정도의 약간의 이기심이 필요한 이 사회를 만든 빚이 그러한 빚들이다.

서비스-러닝 운영을 담당하는 연구원으로서 이러한 빚을 약간씩 갚고 있지 않나 하는 위로를 해 본다. 서서히 성장하고 마음을 이웃에게 열어가는 학생들을 지켜보면서, 이들의 성장을 촉진하는 일은 단지 교육하는 사람만의 몫이 아닌, 우리 어른들이 반드시 갚아나가야 할 빚이 아닐까 생각해 본다.

나눔의 **온도**
배움의 **품격**

두 번의 서비스-러닝, 그 이후의 이야기

휴학 없이, 쉼 없이 달려온 지난 3년간의 대학 생활 동안, 저는 꽤나 많은 서울여대 프로그램에 참여했습니다. 3년 동안 여러 프로그램 활동을 하면서 저는 조금씩 성장해왔다고 자부할 수 있습니다. 물론 그 성장의 무게를 바로 느낀 건 아니지만, 돌이켜 생각해 보면 저의 1학년 시절과 2학년 시절 그리고 3학년 시절을 통해 저는 한 단계씩 성장했습니다. 그리고 그 과정에서 저는 1학년 2학기 때와 3학년 1학기, 총 두 번의 서비스-러닝(Service-Learning)을 참가했고, 그 두 번의 서비스-러닝 활동은 제가 다음 단계로 넘어가기 위한 기반이 되었습니다. 첫 번째 서비스-러닝은 〈빅이슈 코리아〉에서 잡지를 판매하는 도우미 활동이었고, 두 번째 서비스-러닝에서는 〈G.I.C(Global Image Care)〉 사무실에서 사무 보조 활동을 했습니다. 두 서비스-러닝은 저에게 비슷하면서도 다른 가르침을 주었고, 그 활동들은 이제 곧 졸업을 앞둔 저에게 학교에서 배울 수 없는 성장의 기회를 제공했습니다.

○ 강남역에서 빅이슈를 외치다

제가 수강했던 이정연 교수님의 〈사회학개론〉과 연계된 서비스-러닝에서는 두 기관 중 한 기관을 선택해 활동할 수 있었습니다. 아름다운 가게에서는 물건 판매 도우미를 할 수 있었고,

빅이슈 코리아를 통해서는 일명 '빅돔'이라 불리우는 잡지 판매 도우미를 할 수 있었습니다. 새내기의 패기였을까요, 저는 대학생으로서 색다른 경험을 해 보고자 빅이슈 코리아를 선택했고 눈 깜짝할 사이에 교수님과의 오리엔테이션을 거쳐 빅이슈 코리아 빅돔 활동 교육을 받게 되었습니다.

처음 방문하게 된 빅이슈 코리아 사무실에서 저를 먼저 반겨주셨던 분들은 다름 아닌 빅이슈 잡지를 판매하시는 홈리스분들이었습니다. 그 당시 저는 '홈리스'란 표현보다는 '노숙자'라는 표현이 더 익숙했고, 제가 생각하는 홈리스의 이미지는 드라마나 영화에서 나오는 행색이 좋지 못한 사람들이었고, 서울역에서 신문지와 박스를 쌓아놓고 사는 사람들이었습니다. '홈리스들에게는 돈을 주면 안 된다, 그 사람들은 돈을 주면 술을 사마신다.'라던가, '홈리스들은 노력을 하지 않고, 난폭하다.' 등의 안 좋은 이미지만 가득했고, 저는 긴장감 속에 교육을 받기 시작했습니다. 처음 교육을 받을 때, 아는 사람 한 명 없이 어색했던 저에게 빅이슈 코리아 교육 담당자님께서는 서울여자대학교(이하 서울여대) 학생들이 열심히 한다고 다른 학교 학생들을 비롯한 다른 사람들에게 서울여대 칭찬을 해주셨고 그때부터 서비스-러닝 활동에 대한 책임감이 생기기 시작했습니다. 빅이슈 코리아 빅돔 활동은 자유롭게 자기 스케줄에 맞게 스스로 활동 장소와 시간을 고를 수 있었고, 저는 서울에 살지 않고 학교에서 집까지 가는 데만 편도 2시간에서 2시간 30분이 걸렸기에 교통이 편리한 환승 장소인 강남역을 활동 장소로 선택했습니다.

이 글을 읽는 모든 사람이 아시겠지만, 강남역은 서울, 아니 우리나라에서 가장 유동 인구가 많은 장소 중 하나입니다. 유동인구가 많다는 것은 잡지를 팔 수 있는 사람들도 많다는 의미겠지만, 그만큼 사람들의 외면을 많이 견뎌야 한다는 의미도 있습니다. 강남역에서 재수 생활을 했던 저였기에 강남역은 정말 익숙한 공간 중 하나였지만, 한 학기 동안 서비스-러닝 빅돔 활동을 하면서 강남역의 새로운 모습을 볼 수 있었습니다. 지나가는 사람들이 많은 만큼, 잡지를 팔기 위한 저의 외침도 쉽게 사람들의 소리에 묻혔습니다. 3~4시간 동안 저는 '홈리스들의 자활을 돕는 빅이슈입니다!'라는 구호를 큰소리로 연거푸 외쳤고, 대부분의 사람은 저를 흘깃 보고 지나갈 뿐 저의 시선을 피했습니다. 저 또한 그런 사람 중 하나였기에 그 사람들의 마음을 이해 못하는 것은 아니었지만, 때로는 저를 잡상인 취급하는 시선은 적응하기 어려웠습니다. 길 가는 사람들을 방해하지 않기 위해 강남역 9번 출구 옆에 비켜서서 사람들과 눈을 맞추며 사람들에게 홈리스에 대한 관심을 바라기 위해서는 저부터 홈

나눔의 온도
배움의 품격

리스에 대한 편견을 버려야만 했습니다. 그걸 도와주신 분이 처음 만난 홈리스 선생님이었습니다. 어렸을 때부터 낯가림이 심해 사람들과 친해지는 것이 남보다 버겁고 느렸던 저이기에 처음 선생님을 뵀을 때, 어떻게 다가가야 하는지를 계속해서 고민했고 그 시간이 저의 부족한 점이었던 사회 적응력을 높여주는 계기가 되었습니다. 처음 빅돔 활동을 갔을 때, 저는 고민 끝에 자양강장제를 손에 꼭 쥐고 선생님께 인사했고 조심스럽게 선생님께 그 음료수를 드렸습니다. 선생님께서는 환한 웃음으로 고맙다며 받으셨고, 저에게 와줘서 고맙다고 하셨습니다. 그 순간 제가 갖고 있던 홈리스들에 대한 편견이 조금은 깨졌습니다. 그전까지 저에게 있어 홈리스는 역을 지나다가 눈이 마주치면 무섭게 보이던 존재였기에 할아버지처럼 저를 향해 환하게 웃으며 반겨주신 모습에 조금은 마음이 편해졌습니다. 물론 저의 낯가림은 쉽게 극복되지 않았고, 대신 열심히 구호를 외치며 잡지를 판매하는 모습에 홈리스 선생님께서는 종종 저에게 먼저 말을 건네주셨습니다. 서울여대와 미팅을 한 이야기도 하시며 신입생이었던 제가 몰랐던 과거 서울여대 이야기도 재밌게 들었습니다. 4~5번 정도의 활동 끝에 선생님과 저는 처음 만났을 때보다 꽤나 가까워졌음을 느낄 수 있었습니다. 선생님을 비롯한 홈리스들의 이야기를 들으며 홈리스들에 대한 편견이 깨졌고, 더 나아가 제가 평소에 낯선 사람을 만났을 때 가지던 색안경을 벗어 던지게 되었습니다.

그런데 어느 날, 빅이슈 코리아로부터 전화가 왔습니다. 저와 함께하던 선생님께서 편찮으셔서 당분간 빅이슈 활동을 쉬시게 되었고, 대신 강남역의 다른 출구에 가서 활동할 수 있느냐는 내용이었습니다. 의도치 않게 저는 강남역의 다른 출구에서 활동하게 되었습니다. 그쪽은 제가 원래 하던 곳보다 유동 인구가 더 많았고, 빅돔 활동에 다 적응한 줄만 알았던 저는 더 많아진 사람들 앞에서 다시 움츠러들었습니다. 그렇지만 정말 다행히도 전에 함께 활동했던 선생님만큼 좋은 분을 만날 수 있게 되었습니다. 전前 선생님보다 좀 더 젊고 쾌활하셨던 그분은 항상 웃으며 사람들을 향해 소리치는 분이었습니다. 제가 활동했던 시기는 매우 추운 겨울이었고, 강남역 주변은 높은 빌딩들이 많아 그 사이로 들어오는 바람들이 꽤나 매서웠습니다. 팻말을 들고 있으면 손은 얼어왔고, 가만히 서 있으면 옷 사이로 추운 바람이 파고들어 전처럼 길게 활동할 수 없었습니다. 그렇지만 선생님께서는 그 매서운 날씨 속에서도 항상 사람들을 향해 웃으며 소리치셨고, 선생님과의 대화를 통해서 학교에서 배울 수 없었던 것들을 배우고 저 스스로 생각해볼 수 있는 시간이 많아졌습니다. 물론 그만큼 저는 고요 속의 외침을 통해 사람들을

나눔의 **온도**
배움의 **품격**

향한 관심과 구매의 목소리를 높였습니다. 가장 인상 깊었던 것은 선생님께서 직접 좋은 말씀을 A4 용지에 적어 잡지 속에 일일이 꽂으셨던 일입니다. 저는 시간이 지난 지금도 가끔 그게 좋아 선생님에게 잡지를 사고는 합니다. 선생님께서는 종이에 적으신 내용 말고도 제게 좋은 말씀을 해주셨고, 자신의 이야기를 들려주셨습니다. 날이 너무 추운 날에는 제게 장갑을 양보해주시기도 했고, 추우니 일찍 집에 들어가라는 이야기를 해주시며 저를 먼저 걱정해 주셨습니다. 저 또한 추운 날씨에 고생하시는 선생님을 위해 따뜻한 차를 사서 갔고, 활동 마지막 날 선생님께서는 제가 진심으로 잡지를 팔아 줘서 고맙다며, 나중에 빅이슈 코리아 취업 지원을 하게 되면 자신이 편지를 써줄 의향도 있다며 감사함을 표현하셨습니다. 그리고 맛있는 빵이 있다며 저에게 직접 사비로 빵을 한가득 사주셨는데, 5,000원짜리 잡지를 팔면 선생님께 돌아가는 돈은 2,500원뿐이며, 하루 잡지 판매량이 대략 어느 정도인지 아는 저였기에 이 빵이야말로 제가 받은 세상에서 가장 비싼 빵이 아니었나 싶습니다.

빅이슈 코리아 빅돔 활동을 하면서 두 분의 선생님 외에도 감사했던 이름 모를 많은 분이 있습니다. 처음엔 저와 선생님들을 스쳐 지나갔다 다시 발걸음을 돌려 잡지를 구매했던 사람들도 기억에 많이 남습니다. 사람들과 눈을 마주치며 홈리스의 자활을 응원하자고 외치면 대부분의 사람은 고개를 돌려 제 갈 길을 갔습니다. 그런데 그 사람들이 다시 발걸음을 돌려 저희에게 다가와 잡지를 사면 그 뿌듯함은 이루 말할 수 없었습니다. 그런 사람들이 점점 늘어나면 우리 사회가 조금 더 밝아지지 않을까 합니다. 또한, 어떤 분들은 익숙하게 잡지를 구매하는 경우도 있습니다. 선생님과 살갑게 인사하며 매달 잡지를 사러 오는 사람들의 얼굴은 항상 웃고 있었기에 저도 따라 웃게 되었습니다. 가끔 추운 날씨에 저희에게 음료수 등의 먹을 것을 건네주시는 분들이 있었습니다. 몸은 추웠지만, 마음이 따뜻해진다는 것을 느낄 수 있었던 기분 좋은 순간들이었습니다. 제가 선생님 옆에 서서 구호를 외치자 저에 대해 궁금해하시는 분들도 종종 계셨는데, 이를 계기로 빅이슈 판매 도우미(빅돔)의 존재가 알려져, 선생님들에게 큰 힘이 되었으면 하는 바람도 있었습니다.

빅이슈 코리아에서 빅돔 활동을 하면서 제가 가장 크게 성장할 수 있었던 것은 '낯선 환경'에서 '낯선 사람'과 함께 '낯선 사람들'을 향해 소리쳤기 때문이라고 생각합니다. 항상 저도 스쳐 지나갔던 그 길에 서서 사람들을 향해 홈리스의 자활을 돕자고 외치며, 사람들의 외면을 견디며 새로운 사람들을 만났습니다. 낯선 것에 대한 적응이 어려웠던 저는 그 낯선 것들에 적응해야 했기에 계속해서 노력했던 시간이었습니다. 그리고 그 과정에서

나눔의 **온도**
배움의 **품격**

제가 살아오면서 갖고 있었던 홈리스에 대한 편견을 깨게 되었습니다. 인생에서 그 누구보다 큰 시련을 겪었던 사람들이 극복하는 과정에 함께할 수 있다는 것은 정말 큰 행운이 아닐까 합니다. 항상 저에게 먼저 다가와 웃으면서 말을 걸어주셨던 첫 번째 선생님, 항상 사람들에게 90도로 인사하시며 잡지를 판매하지 않는 시간에는 기타를 연습하며 자신보다 더 어려운 사람들을 위해 공연하시던 두 번째 선생님과의 만남은 학교에서 느낄 수 없었던 그 이상의 것들을 느끼게 해주었습니다. 자신을 외면하는 사람들을 향해 힘차게 다시 재기를 노리던 날갯짓은 제가 후에 다양한 활동을 하면서 사람들을 진정성 있게 대할 수 있는 밑거름이 되었습니다. 재학 기간 동안 다양한 프로그램을 했었지만, 가장 강렬하면서도 크게 성장할 수 있었던 활동은 단연코 빅이슈 코리아의 빅돔 활동이었습니다. 2년 정도의 시간이 지난 후, 저는 계속해서 빅이슈 잡지를 사고 있습니다. 물론 더 많은 홈리스분들의 자활을 조금이라도 돕고자 하는 마음에 한 곳이 아닌 여러 군데의 지하철역에서 잡지를 사며 심연에서 나오고자 노력하는 분들의 자활을 응원하고 있습니다.

○ 몽골로 이어진 서비스-러닝

두 번째 서비스-러닝은 이선미 교수님의 〈세계 빈곤과 국제 개발 협력〉 수업을 들으며 신청하게 되었습니다. 제 전공 수업의 경우 서비스-러닝 연계 수업이 거의 없었기에 전공 수업에 전념하던 2, 3학년 때에 서비스-러닝을 할 기회는 많지 않았습니다. 그러던 와중 관심 있던 교양 수업 수강 신청에 성공하게 되면서 첫 번째 서비스-러닝의 추억이 너무나도 좋았기에 다시 한번 서비스-러닝을 신청할 기회가 주어지자 기쁜 마음으로 서비스-러닝을 신청하게 되었습니다. 이번 서비스-러닝 또한 조금은 특별한 서비스-러닝이었습니다. 서울여대와는 처음으로 협력하게 된 NGO 기관이었기에 처음 맺은 서울여대 대표로서 책임감이 막중했습니다. 제가 한 학기 동안 활동한 G.I.C라는 기관은 Global Image Care(이하 G.I.C)의 약자로 주로 의료 봉사를 하는 해외 봉사 기관이었습니다. 제목에서 짐작하셨다시피 이 서비스-러닝 활동이 특별했던 또 다른 이유는 이 활동은 여름 방학까지 이어졌기 때문입니다. 뒤에 이야기하겠지만, 저는 여름 방학 동안에 서울여대의 또 다른 이색 프로그램인 '세계문화 체험과 봉사' 프로그램에 참여했고, 한 학기 동안 활동했던 G.I.C의 팀장님이 동행하시게 되어 그 전까지 몽골(Mongolia)과 국제 개발 협력에 대해 많이 배울 수 있었습니다.

나눔의 **온도**
배움의 **품격**

삼성동에 위치한 G.I.C에서는 지난 빅이슈 코리아 활동과 다르게 다양한 활동을 했습니다. 우선 첫 번째로 한 활동은 G.I.C에 후원을 해줄 만한 재단 등을 찾는 일이었습니다. 인터넷 사이트를 돌아다니며 조건에 맞는 재단을 찾아 헤맸습니다. 컴퓨터 관련 전공인 저였지만, 항상 프로그래밍 코드를 검색해보거나 리포트를 쓰기 위해서 검색을 해보기만 했었기에 여러 사이트를 돌아다니며 손품을 파는 일은 조금은 지루한 일이었습니다. 이 부분에 있어 고민이 생겨 서비스-러닝 중간 점검 중 담당 교수님께 조언을 구했고, 비영리단체에서 경제적인 부분을 해결하는 문제는 꽤나 중요한 문제이며, 찾는 것도 나름의 방법이 있음을 알게 되었습니다. 그리고 이 과정에서 중요하게 작용했던 것이 바로 담당자분과의 소통이었습니다. 제가 제대로 활동하고 있는지 중간중간 담당자와 소통하며 체크해야 함을 알게 되었습니다.

서비스-러닝을 하고 있다는 이유로 G.I.C 팀장님께서 〈세계 빈곤과 국제 개발 협력〉 수업에 오셔서 강연하실 때 보조로 활동할 기회가 주어졌었습니다. 지구촌 시민 교육이라는 뜻깊은 수업이었는데, 재밌는 게임처럼 보이지만 그 안에는 지구촌의 여러 문제가 얽혀있는 흥미로운 콘텐츠였습니다. 그런 좋은 활동에 감사하게도 보조로 활동하게 되어 자연스럽게 활동을 주

도할 수 있었습니다. 수동적으로 수업을 그냥 듣기만 하는 것보다, 움직이고 사람들을 도와주고 하다 보니 제가 먼저 내용을 숙지하고 내용을 잘 이해해야 했습니다. 그렇게 세계 시민 교육이라는 콘텐츠를 정말 좋은 기회를 통해 수강할 수 있었습니다.

또한, G.I.C에서 활동할 당시에 제 전공 분야의 실력을 발휘할 기회도 주어졌습니다. 현재 콘텐츠 디자인학과에 재학 중인 저는 기초적인 디자인 실력과 코딩(coding)[2] 실력을 갖추고 있습니다. 이러한 디자인 수업을 들었던 경험을 바탕으로 G.I.C에서 실제 사용할 Footer를 제작했습니다. 교수님이 아닌 실제로 누군가의 요청으로 디자인을 해본 적은 처음이라 다른 이의 취향에 맞추는 것이 꽤나 어려웠습니다. 여기서도 중요하게 작용했던 것이 바로 담당자와의 소통이었습니다. 제 취향에 맞추는 것이 아니라 사용자의 편의성과 취향을 고려해야만 함을 배울 수 있었습니다. 아직 실질적으로 누군가의 요청을 받고 작업해본 적은 없지만, 위의 기회는 작은 작업물이나마 실제로 경험해볼 수 있는 좋은 경험이 되었습니다.

마지막으로 G.I.C에서 한 활동은 미얀마(Myanmar) 관련 논문을 찾는 것이었습니다. G.I.C가 주로 봉사를 하는 국가는 미얀

---

2 코딩(coding): 컴퓨터 프로그래밍의 다른 말. C언어, 자바, 파이선 등 컴퓨터 언어로 프로그램을 만드는 것

마였고, 그로 인해 관련 자료가 많이 필요했습니다. 적합한 자료를 찾아야 했기에, 저 또한 관련 자료들을 읽어 보면서 저절로 내용을 알게 되었습니다. 이렇게 제가 한 활동은 〈세계 빈곤과 국제 개발 협력〉 수업을 들을 때와 과제를 할 때 모두 도움이 되었습니다.

G.I.C 활동은 연계 수업인 〈세계 빈곤과 국제 개발 협력〉 수업을 이해하는 데 큰 도움이 되었습니다. 한 강의를 소화하기 위해서는 많은 시간이 필요합니다. 서비스-러닝 활동은 색다른 수업 보조 수단이 되었습니다. 더 나아가서 학기가 끝난 뒤, 저는 교내 다른 프로그램인 〈세계 문화 체험과 봉사〉(이하 세문체)에 참여했는데, 서비스-러닝 활동은 세문체 프로그램에도 큰 도움이 되었습니다. 저는 몽골에서 봉사활동을 했고, 봉사활동을 하기까지 스스로 팀원들과 함께 봉사 프로그램을 기획해야 했습니다. 기획할 때와 현지에 가서 봉사할 때 모두 서비스-러닝 활동은 큰 도움이 되었고, 제가 서비스-러닝 활동을 통해 성장했음을 느낄 수 있었습니다. G.I.C에서 어깨너머로 배웠던 국제 개발 협력이 실제로 몽골에 가서 어떻게 이뤄지고 있는지 전문가의 이야기를 들으며 더 자세하게 알 수 있었습니다. 또한, 서비스-러닝을 통해 배웠던 새로운 사람과의 교류는 세계 문화 체험을 갔을 때 다른 전공의 사람들과 몽골 현지 사람들과 한결

자연스럽게 친해지는 데 많은 도움이 되었습니다.

처음 했던 빅이슈 서비스-러닝 활동이 제 생각을 길러줬던 활동이었다면, G.I.C 활동은 수업과 연계된 다양한 기회를 제공한 활동이었습니다. 빅이슈 서비스-러닝을 통해서 제가 가지고 있던 편견과 고정 관념을 깨부수고, 새로운 사람들에 대한 호기심과 사람들에 대한 애정 어린 시선을 가질 수 있었습니다. 또 G.I.C 서비스-러닝 활동은 한국 사회를 넘어서 국제 사회에 대한 새로운 시각을 가지게 도와주었습니다. 여행을 좋아하며, 다른 국가에 관심이 많은 저는 여행지에서 느낄 수 있는 그 나라의 화려한 모습이 아닌, 그 이면을 바라보는 시각이 생겼습니다. 그리고 두 활동 모두 저의 단점이었던 낯가림을 극복하는 데 큰 도움을 주었습니다. 빅이슈 코리아를 통해 나와 다른 삶을 살아온 사람과 교류하는 법, 나를 모르는 사람에게 내 생각을 말하는 법을 배웠고, G.I.C를 통해서는 일할 때 서로 소통하는 법을 배웠습니다. 그뿐만 아니라 두 활동 모두 저는 서울여대의 대표였기에 서울여대 대표라는 자긍심을 가지고 사람들과 긍정적인 관계를 맺으며 책임감을 가지는 사람으로 성장할 수 있었습니다. 아직 저에게는 한 번 더 서비스-러닝을 할 기회가

나눔의 **온도**
배움의 **품격**

있습니다3. 그 카드를 언제 꺼낼지는 모르겠지만, 저는 졸업 전에 꼭 이 프로그램을 다시 한번 신청할 것이며 그때는 또 다른 새로운 것을 배울 수 있으리라 기대합니다.

---

3   서울여자대학교에서는 졸업 전까지 서비스-러닝을 세 번(총 3학점)까지 수강할 수 있음.

서비스-러닝,
살아있는 지식을 통해 지역사회와
함께 성장할 수 있는 밑거름이 되다

○ 나의 꿈을 실현시켜준 서비스-러닝

독서와 토론 연계 서비스-러닝(Service-Learning)을 신청하기로 결심한 계기는 아이들을 가르치는 활동이라는 점에 강력하게 이끌린 것이 그 계기였다. 나는 고등학생 때부터 친구들이 문제를 물어보면 가르쳐주는 것이 좋았다. 내가 열심히 공부해서 친구들을 가르칠 정도로 나의 실력이 인정받는다는 것이 증명되기도 했고 나의 설명으로 인해 친구들이 해당 문제의 개념을 이해한다는 점에서도 뿌듯함을 느꼈기 때문이다.

중·고등학교 학창 시절, 대학생 조교 선생님이 있는 학원에 다녔다. 문제를 스스로 풀고 모르는 문제는 대학생 조교 선생님께 따로 질문하는 방식이었는데 선생님이 수험생 시절 공부하면서 쌓아왔던 지식을 학생들에게 가르쳐주는 것에서 매력을 느꼈었고 한편으로는 그 경지까지 오르는 데 얼마나 큰 노력을 해왔을지에 대해서 대단하다고 생각해 왔다. 다른 사람을 가르치기 위해서는 본인이 잘 아는 것도 중요하지만, 학생과의 의사소통이 중요하기 때문이다.

이전에는 그냥 막연히 가르치는 것이 좋다는 이유로 교육의 표면적인 모습만 보아 왔다면, 서비스-러닝을 통해 교육을 성공적으로 마무리하기 위해서는 교육자로서 어떤 것을 준비해야 하고 어떤 자세가 필요한지, 어떤 어려움이 있을 것인지 구체적으로 체감하게 되었다. 사실 서비스-러닝을 하면서 내가 그간 생각해 오던 꿈에 대한 환상이 깨지지 않은 것은 아니다. 서비스-러닝을 하면서 내성적인 성격의 벽에 부딪히기도 했고 수업 전에 수업에 관한 틀을 짜고 구체적으로 이런 활동을 해야겠다고 머릿속으로 그려놓아도 사실 그것이 생각대로 잘 시행되지 않을 때도 있었다.

아이들과 친해지려고 다가가도, 애초에 낯을 많이 가리는 아이도 있었고 이번에 친해졌다 싶어도 다음 주가 되면 철벽을 치는 아이들도 있어서 친해지는 데에 아주 약간의 어려움도 있었다. 하지만 나중에는 하나같이 마음을 다 열고 재미있게 지낼 수 있었다. 아이들과의 관계에서 가장 중요한 것은 내가 먼저 마음을 열고 다가가는 태도다. 내가 먼저 마음을 열고 다가가야 아이들도 친근감을 느끼고 다가올 수 있을 것이다.

○ 자원봉사자 대 봉사대상자 간의 만남이 아닌,
선생님과 학생 간의 만남

내가 배정받은 사회복지관은 공릉동에 위치한 행복발전소라는 곳이었다. 이곳 아이들의 연령대는 8~13살의 초등학생들이었다. 아직 어린아이들이라 그런지 분위기는 대체로 활발했지만, 아이마다 각각의 성격의 격차가 존재하고 차분한 아이들의

나눔의 **온도**
배움의 **품격**

완충작용으로 인해 조화로운 편이었다. 또한, 기관 선생님들의 지도 덕분에 수업도 원활하게 진행되었다.

독서 토론 조교로 활동하게 된 나는 아이들과의 관계 형성을 위해 오리엔테이션 및 자기소개 시간을 가졌다. 아이들에 대해서 더 많은 것을 알게 된 이후부터는 아이들에게 더 막중한 책임감을 느끼게 되었다. 기관 선생님이 나를 믿고 아이들을 맡긴 것이기 때문에 선생님들을 실망시키고 싶지 않았다.

기관 선생님들은 나를 단지 대학생으로서 봉사활동하는 학생으로 대하시지 않으셨다. 나는 아직 나이도 어리고 자격증도 없는 학생에 불과하지만, 기관 선생님들은 나를 복지기관에서 아이들을 지도하는 한 분의 선생님으로 인정하시고 지칭해주셨다.

특히나 선생님들이 나에게 말씀하기를 단지 봉사 시간을 채우기 위해 대충 끝내고 가는 학생들이 있었으며, 아이들도 선생님으로서 믿고 따랐는데 선생님들의 봉사활동 기간이 끝나면 공허함도 느끼며 상처도 많이 받는다는 말을 들었을 때는 내 머리에 한 대 얻어맞은 듯한 충격을 받았다.

고등학교 2학년 때 근육병 환자들을 돌보는 기관에서 봉사활동을 했었다. 당시 그 기관에 봉사활동을 하러 간 목적은 단지 봉사활동 시간을 채우고 생활기록부에 한 줄이라도 의미 있는 활동을 써넣기 위함이었다. 당시 침대에 누워 아픈 사람들이 받앞을 상처를 회상하니 마음이 아팠다. 그들도 그 기관에서 봉사하는 청소년들이 물론 자발적으로 보람을 느끼고 자원한 학생들도 있었을 테지만 어쩌면 반강제적으로 자원한 학생들도 많았을 것을 알았을지도 모른다. 아니, 알았을 것이다. 그때 정신적으로 많이 어렸던 나는 자발적이든지 아니든지 간에 전자일 경우 보람과 행복을 얻어가고 후자일 경우 생활기록부에 활동 내역을 추가함으로써 나 또한 봉사활동의 수혜자가 되는 것을 망각하고 있었다. 그래서 단지 그분들이 나에게 화내고 퉁명스럽게 대할 때마다 마음이 상했었다. 하지만 역지사지로 돌이켜 생각해보니 그분들의 입장을 이해할 수 있었다. 철이 없었던 나의 사고思考에 대해 반성하게 되었다. 때문에 이번에는 이 시간을 단지 봉사활동 내역을 채우고 학점을 채우기 위한 수단으로 이용하여 아이들에게 상처를 주고 싶지 않았다.

또한, 아이들이 자신들이 보기에도 선생님으로서 자질이 아직 많이 부족한 모습을 보였던 나를 선생님 중 한 분으로 존중하고 여기어 주었던 것에 대해 큰 고마움을 느꼈다. 이를 통해 올해 초에 대학생이 된, 당시로선 아직 어린 학생의 사고의 틀에서 벗어나지 못한 신입생이었지만, 예비 사회인으로서의 책임감을 가지고 아이들에게 최대한 긍정적인 영향을 주며 사회 발전에도 이바지하며 성장하고 싶다는 생각이 들었다.

○ 전공과 연결시킨 서비스-러닝

나의 현재 전공은 화학생명환경과학부이다. 따라서 과학과 관련된 이론적 지식을 아이들에게 전달해주고 싶은 마음이 컸다. 그래서 나는 대체로 과학 중심의 책을 골라 아이들에게 읽어주고 퀴즈를 내는 방식으로 서비스-러닝을 진행했다.

봉사기관에는 많은 책이 있다. 그중 내가 선정한 책은 구강口腔에 관한 과학책이었다. 그 책은 구강 구조를 부분별로 잘 설명한 책이라 이 책을 아이들에게 파트별로 읽어주고 중간마다 퀴즈를 내는 방식으로 하여 아이들의 집중력을 높이도록 노력했다.

처음에는 아무런 보상 체계 없이 수업을 진행했다. 보상 체계 없이 진행하니 처음에는 눈을 반짝거리며 경청하던 아이들이 대부분이었지만, 시간이 지날수록 살짝 지루해하는 몇몇 아이들의 모습도 눈에 띄었다. 그도 그럴 것이 아직은 낯선 과학에 관한 내용이니 어려워할 수도 있겠거니 생각했다. 그래도 여전히 열심히 경청하고 놀랍도록 발표도 잘하고 답을 잘 맞히는 학생들이 있었기 때문에 여간 놀란 것이 아니었다. 하지만 나는 다른 학생들의 참여도 독려하고 싶었다. 이러한 시행착오를 통해 나는 결국 보상 체계를 만들었고 이를 적용하자 소극적으로 참여하던 아이들도 적극적으로 참여하려고 노력하는 모습이 확연히 나타났다. 이 와중에도 답을 맞히지 못하는 아이들이 의

기소침해지지 않도록 답을 맞히는 아이들뿐만 아니라 답을 틀려도 열심히 참여하는 아이들에게도 점수를 주었다.

또한, 책을 읽어주면서 내가 전공 수업 때 배우는 내용으로 보충설명도 해 주었다. 마침 그 당시 전공 수업에서는 한창 인체에 관한 내용을 진행했다. 그래서 책에는 자세히 기술되어 있지는 않지만, 전공 수업 때 배웠던 '맛을 인식하는 과정'을 회상하며 아이들에게 설명해주었다. 아이들은 나의 서툰 설명에도 불구하고 열심히 경청했고 수업에 참여하려는 열정적인 태도를 보여주어서 고마움을 느꼈다.

○ 성찰하며 발전하는 나

그 날 수업이 끝난 후 시행했던 수업 방식을 스스로 성찰해 보았다. 아무리 생각해도 부족한 점이 더 많았고 서툴렀다. 이전에 친구들에게 가르쳤던 방식보다 눈높이를 더 낮추어야 했고, 그러면서 어쩌면 그동안 친구들의 이해를 생각하지 않고 당연히 이건 알겠지라는 생각으로 가르쳐 왔을지도 모른다는 생각이 들었다. 게다가 나는 발표 공포증(일명 주목 공포증)까지 가지고 있던 터라 가운데 서서 아이들이 나만 바라보고 있다는 생각에 말도 잘 나오질 않았었다. 더 잘해야 한다는 생각에 의욕만 앞선 것은 아니냐는 생각도 들기도 했다. 그리고 우려되

나눔의 **온도**
배움의 **품격**

는 것은 경쟁을 바탕으로 하는 활동이라 다소 경쟁이 과열되기도 했고 최대한 공평한 기회를 부여하기 위해 노력했지만, 아이들의 입장에서는 분명 내가 차별했다고 생각했을 수도 있다는 점이었다. 이런 문제점을 방지하기 위해 이전에 발표를 이미 많이 한 아이들은 다음에 기회를 주어 발표 기회를 고르게 갖도록 했다.

또 다른 문제점은 중간평가회에서도 나왔었던 얘기였는데 결과에 따른 보상이 주어지다 보니 아이들이 나중에도 무언가를 할 때 보상 심리를 갖고 과정보다는 결과를 더 중요시하지 않겠냐는 우려도 뒤따랐다는 점이다. 그리고 아이들이 발표에서 답을 틀리면 약간 위축되고 소심해지는 모습을 보았던 것 같아 속상했고 기분이 좋지 않았다. 나 또한 경쟁을 통해 위축되고 의욕을 잃은 적이 있었는데 이 친구들도 내가 겪었던 감정을 똑같이 겪게 하는 것은 아니었는지 걱정되기도 했고 수업 참여율을 높이기 위한 자극이 어쩌면 부정적인 영향을 미친 것은 아닐지 우려되었다.

비록 이번 수업에서는 다소 서툴기도 하고 긴장되어 경직된 모습을 보여주었지만 이를 발판 삼아 나의 문제점을 탐색하여 해결하도록 노력해야겠다는 생각이 들었다. 서비스-러닝은 그동안 열정을 느끼고 해보고 싶었던 것을 실현할 수 있도록 하는 것이지 그 분야에 대해서 소질이 없다는 것을 깨닫게 하고 좌절을 시키는 것이 아니다. 서비스-러닝은 시행착오를 경험할 수 있도록 하는 발판이며 지역사회가 발전하는 데에 기여하는 대학과 지역 기관 간의 협약이며, 개인을 조금 더 가치 있는 인간으로 만드는 것이다. 따라서 이번에 못했다고 주눅이 들 필요 없다. 이번에 발생했던 문제점을 성찰하고 보완하면 더 발전한 나를 발견할 수 있다.

○ 다소 험난한 아이들과 친해지는 길

아이들과 한창 친해졌을 무렵 기관에서는 야외 활동을 계획하고 있었다. 무더운 한여름이었지만 실내에서 아이들에게 책만 읽어주고 퀴즈를 내는 식상한 방식만 계속한다면 아이들도 지루해할 것이었다. 공기도 쐴 겸 아이들과 다 함께 야외 활동을 하는 것도 좋을 것 같다는 생각이 들었다. 하지만 내 예상과 달리 더운 공기가 운동장을 감싸고 있었고 그 공기에 숨이 턱턱 막혔다. 게다가 그새 새로운 게임이 생겼는지는 모르겠지만, 아이들은 내가 모르는 낯선 게임을 하고 있었다. 그래도 아이들과 같이 어울려야 한다는 생각에 게임 방법을 아이들에게 배웠지만, 무슨 뜻인지도 모르겠고 무엇을 하는 게임인지도 알 수 없어서 난감했었다. 결국, 아직도 그 게임을 어떻게 하는 건지 모르지만 그래도 동심으로 돌아간 것 같아서 신선했고 역동적인 활동을 좋아하는 아이들의 입장도 이해하게 되었다.

　이 날 발생한 에피소드가 있다. 내가 맡은 반에는 8살 남자 아이가 있었다. 그 아이는 성격이 원체 활발하기도 하고 친화력도 좋아 선생님들과 두루두루 친했지만, 가끔 가방이나 핸드폰, 지갑 등을 마음대로 가지고 노는 경우가 있는 아이였다. 그럴 때마다 다른 아이들이 제지를 통해 그 아이의 행동을 막아주었다. 일이 발생한 날은 곤충들이 득실득실한 한여름의 오후였다. 나는 어렸을 때 나비로부터 트라우마가 생긴 이후부터 곤충의 기억 자만 들어도 소름이 돋았고 벌레 사진조차도 혐오하게 되었다. 그런데 그 8살 남자아이가 그 날 나에게 벌레를 가까이 가져다 대었다. 처음에는 하지 말아 달라고 좋게 부탁했었다. 그런데 조금 이따가 개미 두 마리를 각각 양손에 하나씩 쥔채 가까이 다가왔을 때, 나는 개미의 모습을 보고 너무 소름이 돋았다. 그래서 나도 모르게 충동적으로 아이에게 소리를 지르고 말았다. 그 순간 아이의 표정이란… 의기소침해 하고 기가죽은 모습이었다. 아이의 표정을 보자마자 '내가 큰 실수를 했구나'라는 생각과 함께 죄책감이 밀려왔다. 그리고 아이에게 다가가 사과를 했다. 아이는 사과는 받아주었지만, 그 날 활동이 끝나고 기관으로 돌아가는 길에 나와 거리를 두는 것 같아 약간 슬펐다. 하지만 슬픈 마음보다는 교양시간에 배웠던 공감 능력을 통해 아이가 얼마나 놀랐고 상처받았는지 이해하려고 했기 때문에 아이의 감정을 보듬어 주고 싶었던 마음이 더 컸다. 아이들과 친해지면 심한 장난을 받아내야 할 때도 있었지만, 이 과정들 모두 선생님으로서, 자원봉사자로서 자질을 키우는 과정이라고 생각한다.

○ 난관에 부딪혔을 때 유연하게 사고하는 능력

사실 서비스-러닝을 통해 보람을 느낀 적이 많았지만 힘들었던 점도 있었다. 그것은 기관과의 소통이다. 기관에서 기관 일정을 통보하지 않아 헛걸음한 적도 있었고 미리 계획했던 것이 철회되어 좌절감을 느꼈던 적도 있었다. 교수님과 조교 선생님의 피드백을 통해 기관과의 소통이 잘 안 되었을 때는 불안한 마음이 들기도 하지만, 하고 싶은 활동이 있고 기획한 활동이 있었다면 기획안을 작성해서 선생님과 의논을 하며 조율하는 것이 선생님께도 아이디어를 제공하고 활동의 실현 가능성에 대한 확신도 들것이라는 점을 알 수 있었다. 그리고 그것이 채택된다면 실현해 볼 기회도 될 것이다.

또한, 이 활동을 통해 아이들도 아직은 어리지만, 예비 사회인으로서 적극적으로 참여하는 태도를 가지게 되었을 것이라는

나눔의 **온도**
배움의 **품격**

기대를 하게 되었다. 어쩌면 인문학적 교양을 쌓을 수 있는 책을 읽어주고 토론을 하게 함으로써 공감 능력과 협동심을 기를 기회도 되었을 것으로 생각한다. 나 또한 비록 나이는 나보다 어리지만, 아이들의 의견을 들음으로써 내가 미처 생각하지 못했던 부분까지 깨달았을 때도 많았다. 이를 통해 단지 아이들을 가르쳐야 하는 대상으로만 여기지 말고 아이들과 공감을 형성하고 나 또한 세상에 대해서, 사람에 대해서 알아가는 기회로 삼아 발전해야겠다는 생각이 들었다.

○ 가르침으로써 일궈낸 나의 배움과 성장

내가 서비스-러닝을 통해 이루었다고 생각하는 것은 고등학생 때 꿈꿔왔던 일들을 간접적으로나마 체험할 수 있었다는 점이다. 가르치는 것이 좋았으며 보람을 느꼈고 다른 사람에게 나의 지식을 전달함으로써 깨닫고 얻는 것에 대해서 자부심도 느꼈고 그 자체만으로도 좋았다.

서비스-러닝 초기에는 기관에 있는 책들을 이용하여 수업을 진행했다면 나중에는 내가 학습 자료도 찾고 활동지도 만드는 과정을 통해 수업 준비를 직접 하기도 했다. 내가 비록 아이들에게 가르쳤던 것이 부족하고 잘 전달이 안 되었을지 몰라도 결과가 어찌 되었든 간에 내가 이해시키려고 노력하고 함께 배우는 과정에서 서비스-러닝이 빛을 발했다고 생각한다.

또한, 내가 선정했던 책들을 통해 아이들이 교훈도 얻고 토론하는 과정을 통해 사고하는 그릇을 크게 만드는 데에는 성공하지는 못했더라도 모든 과정이 실패라고 생각하지는 않는다. 나중에 내가 아닌 누군가의 가르침에 의해서 그릇이 키워졌을지라도 내가 그 성과에 기여를 했으리라고 믿기 때문이다.

서비스-러닝은 시행착오의 한 과정이다. 내가 이 활동을 통해 아이들에게 전달한 것이 많지는 않았더라도 그래도 다음에 유사한 활동을 하게 되었을 때 '아, 그때는 이렇게 했었는데 잘 안됐었지, 이번에는 수업을 다르게 구상해서 아이들에게 전달해야겠다.'라는 큰 그림이 생길 것이다. 또한, 이미 한 번 해보았던 것에 대해서 자신감도 느낄 것이다. 그때그때 돌발 상황이 발생할 수도 있다. 그때가 되면 서비스-러닝의 경험을 바탕으로 유동적으로 대처할 수 있는 유연함을 발휘할 수 있을 것이다.

나는 서비스-러닝을 통해 마음의 치유도 할 수 있었다. 당시의 나는 자신이 사회에 아무것도 기여하지 못하는, 대학생이지만 그저 흘러가는 대로 살아가는 수동적이고 무기력한 잉여 인간이라는 생각에 좌절감과 모멸감을 겪고 있었다. 내가 서비스-러닝을 신청하게 된 계기는 아이들을 가르치고 싶다는 꿈이 좌절되었다는 절망에서 벗어나고자 하는 의지와 그저 내가 부모

나눔의 **온도**
배움의 **품격**

님의 우리 안에서 보호받는 무기력한 인간 프레임에서 탈피하여 능동적으로 행동하고 실천하는 사회인이 되었다는 것을 증명하고 싶다는 소망이었다.

O Thanks to

서비스-러닝을 통해 힘들고 좌절되었던 적도 있었지만 배워가는 것이 더 많았다. 이 또한 나의 소중한 대학교 1학년의 추억으로 빛나고 있다. 이 활동이 아직 첫걸음일지 몰라도, 이것이 더 큰 사회에 나가 서비스-러닝을 통해 협력하는 공동체에 기여하는 개인으로서 역량과 리더십을 발휘할 수 있는 발판이 되어줄 것을 믿어 의심치 않는다.

서비스-러닝이라는 소중한 기회를 제공해주신 우리 학교, 독서와 토론 교수님, 조교님 그리고 공릉동 행복 발전소와 아이들에게 감사를 표한다.

아동학과_14학번_손진주

서재를 넘어
이해와 사랑을 받는 방법

나는 별로 행복한 학창시절을 보내지 못했다. 초등학교 3학년 때부터 고등학교 때까지 이어진 일기를 보면, 나는 나 자신을 육상에 던져진 물고기라고 생각했다. 다른 사람과 다른 호흡기관을 가지고 이질감과 고통을 느낄 수밖에 없는 존재 말이다. 물론 그 시간 중 순간 반짝거리는 기억도 있지만, 당시의 내가 그런 것들을 하나하나 짚고 고마웠다고 이야기하기에는 내가 사는 세상이 지옥 같았다. 나는 친구가 없었다. 그러니까, 정말로 그때의 나는 사랑이라던가, 우정이라던가를 느낄 수 없었다. 나는 내가 삶을 '고통스럽다'고 느끼기 시작한 시점부터 책을 열심히 읽었다. 책을 읽다 보면 인간이 형체 없이 떠도는 빛같이 느껴진다. 온갖 이상주의자들이 써 내려가는 세계에는 굳어진 과거 대신, 가능성만이 존재한다. 내가 책을 읽으면서 위로를 느끼는 것은 책의 세계가 늘 그렇기 때문이다. 못 쓰고 차별로 가득한 책도 저자의 기대가 느껴진다. 책은 대중을 향한 매체라서 누군가의 이상향이 녹아들 수밖에 없다. 나는 그런 인간의 지성이 멋지다고 생각했다. 저자는 독자를 판단하지 않고 자기 생각을 풀어나간다. 책 속에서는 지성이라는 인간 대신 가치 하나만 존재한다. 책 속에서는 그런 것들을 쉽게 찾을 수 있었다. '책 속에는' 인간 사회의 가치는 늘 가장 멋진 곳에 앉아있었다. '책 속에는' 늘 손 닿는 곳에 누군가의 순진한 희망과 기대가 있으니, 내가 살아가는 원동력도 그것이라 생각했었다.

나는 무엇이든 이해하려고 노력했다. 세상에는 나쁜 사람도 없고, 미숙할지라도 나쁜 의도는 없다는 걸 이해하는 것은 얼마 지나지 않아 습관이 되었다. 그건 내가 상처받은 시절에도 그랬다. 그건 그때의 내가 할 수 있는 최선이었다. 사람들을 이해하는 것은 내 마음을 가라앉힐 수 있지만, 나와 사람들 간에 존재하는 마음을 무시하고 그 사람만을 이해하는 것은 아이러니하게도 사람들에 대한 기대를 떨어뜨렸다. '어쩔 수 없는' 상황에서 어정쩡한 지성에 집착했던 것도 그들 역시도 나에게 기대를 하지 않는다고 믿어서였다. 믿지 않았다는 순화된 표현이고, 나는 사람들이 싫었다. 어쩔 수 없는 이유로, 과거에 자연스러운 감정으로 나를 상처 입힌 사람들이 싫었다. 내가 말하고 느낀다고 해서 세상이 바뀐다고 생각하지 않았다. 내가 이해받지 못했는데, 어떻게 내가 남을 이해할 수 있겠는가? 그것들은 손가락에 붙은 굳은살같이 아주 오래전부터 내 마음속에 겹겹이 자리를 펴고 앉았다. 나는 내가 읽은 책들로 그런 고통을 승화하려고 했다. 그렇게 하니 그것이 기묘한 동정심으로 이어졌다. 그것은 사랑의 일종이었지만, 사랑이 주고받는 것이라면 받는 행위는 잘려나간 불완전한 사랑이었다. 나는 여전히 사람들

나눔의 **온도**
배움의 **품격**

을 믿지 않았다. 내가 이 공부를 시작했던 이유도 아이러니하게도 그들이 준 상처에 따른 불신 때문이었다. 나는 '이해한다'. 모든 일은 양면을 가지고 있다. 마음을 가르는 칼도 다른 면에서는 가장 빛나는 황금이 되기 마련이다. 내가 인간이 싫어서 책이나 예술에 파고들고, 결국 아이러니하게도 심리학이라는 진로를 선택한 것도 그렇다. 하지만 그때의 상처는 아직도 남아서, 다 잊었다고 생각한 지금도 어설프게 봉합한 것이 터지기도 했다. 그걸 다시 봉합해 나가는 건 내 몫이다. "아냐, 나는 다 이해해, 나는 그걸 멋지게 극복할 거야."라고 나는 계속해서 내 어깨를 두드려왔지만, 그것들이 만든 행복한 기분들 너머에는 여전히 상처 입은 내가 있었다. 내가 그토록 집착해왔던 책은 어설픈 위로 수단이었다.

서비스-러닝(Service-Learning)은 책 속에 파묻혀 있던 나를 조금씩 꺼낸 계기가 되었다. 나는 지금까지 〈임상심리학〉 과목에서 2번의 서비스-러닝을, 〈아동 임상심리학〉에서 1번의 서비스-러닝을 했다. 서비스-러닝에 대한 애정은 전파에 대한 욕구로까지 퍼져 현재 2학기째 서비스-러닝 학생 조교를 맡고 있다. 〈임상심리학〉 과목에서 맡은 서비스-러닝은 놀이치료실의 아이들과 환경에서 상호작용하는 것이었다. 나는 아동학과지만 서비스-러닝을 시작하기 전까지 아이들과 함께하는 시간을 즐기지 않았다. 아이들이 싫었다기보다는, 같이 있는 것이 피곤했다. 아이들이 상호작용의 대상이 아닌, 돌봐야 하는 대상이었기 때문이었다. 놀이치료실에서 만난 아이들도 그럴 것으로 생각했다. 하지만 그것은 스스로에 대한 왜곡된 판단이었다. 아이들과 함께하는 시간은 즐거웠다. 환경치료라는 명목이 있으니 즐기는 것보다는 이성적으로 아이들을 지도해야 한다는 생각이 있었는데, 막상 아이들과 직접 만나고 놀다 보면 함께 게임을 하는 것 자체가 즐거웠다. 아이들의 반응은 복잡하지만, 성인의 그것보다 의도가 뻔히 보였고, 그 의도는 밉지 않았다. 규칙을 어기고, 문제 행동을 보여도 웃으면서 잘 조정할 수 있다면 놀이는 계속 지속할 수 있었다. 아이들이 놀이하면서 눈과 입술을 길게 늘어뜨리면서 웃는 것이 왜 그렇게 기분이 좋았는지 모르겠다. 구석에서 울 것 같은 표정으로 주머니에 손을 넣고 있던 아이가 어느새 그전 상황을 잊고 나와 함께 팽이를 돌리는 데 집중하고 있다는 그 사실이 멋졌다. 이 아이들이 밖에서 어떤 진단을 받고, 어떤 환경에서 살아가는지는 그 시간에 함께 노는 놀이에서는 별로 중요하지 않았다. 나는 당시 아이들의 웃는 모습에서 인간의 면모를 찾았던 것 같다. 모든 사람이 행복할 재능과 환경을 타고나진 않았지만, 모든 사람은 행복할 권리가 있다. 생각

나눔의 **온도**
배움의 **품격**

보다 높지 않은 곳에 걸쳐있는 행복에 빠진 인간은 웃음 속에서 불안과 고통을 잊어내기도 한다.

내가 맡는 아이들의 특성상 서비스-러닝에서는 여러 가지 촌극이 있었다. 그중 가장 인상 깊고 씁쓸한 일화를 하나 소개하고 싶다. 수업을 끝내고 돌아온 A와 B는 자주 갈등을 빚는 사이였다. 주로 B가 A에게 관심을 얻기 위해 괴롭히는 식이었다. 그날도 B 때문에 스트레스를 받은 A는 B가 간 후 나와 하는 게임에서 괜한 화풀이를 했다. 하지만 이날은 B의 정신적 발전을 확인할 수 있는 날이었다. 전에는 A를 괴롭히기만 했던 B가, A의 불만을 적극적으로 수용하고 미안하다고 말했다. 그뿐만 아니라 A랑 먹기 위해서 '허니버터칩'을 사 왔다면서 같이 밖에서 먹으러 가자고 했다. A는 저번 주에게 준 귤 때문에 보은報恩을 하는 것이냐고 물었는데 B는 그냥 같이 먹고 싶어서 사 왔다고 말했다. 나는 그것이 사랑스럽다고 생각했다. A는 지금까지 사람들을 밀고 호의를 의심하는 친구였는데, 이렇게 한 친구와 작은 일화가 있었다는 점이 좋았다. B는 관심을 얻기 위해 괴롭히고 방귀를 뀌는 등 어색한 방식으로 친해지려고 노력했던 친구였다. 나는 그것이 관심의 표현이라 기쁘기도 했지만, 관심 표현의 형태가 그런 방식인 것이 너무 슬펐다. 관심을 끄는 방법은 다양한데 그가 선택할 수 있는 것이 이런 것뿐이라는 것이 슬프게 느껴졌다. 그런데 B가 A의 마음을 읽어주고, 과자를 나누는 것을 보고 아이들의 탄력성과 강점에 크게 감동했다. 상담 선생님께서 많이 도운 덕분이지만, 저 작은 아이들한테도 자신을 바꾸는 힘이 있다는 것이 심장이 뜨겁도록 느껴졌다. 그리고 왠지 모르게, 그것을 바라보는 한때 아이였던 나도 변할 수 있을 거라는 확신이 들었다.

처음 보는 이 아이들 때문에 내 안의 많은 것들이 바뀌었다. 지금 생각해보면 참 우습지만, 나는 은근히 아동들을 교육하고 관심을 두는 것을 유치한 것으로 생각했다. 자아는 청소년기부터 생긴다고 생각했고, 자아가 제대로 확립되지 않은 아동을 가르치고 심리를 연구하는 것은 재미없는 것으로 생각했다. 소위 말하는 '어른의 언어'에 집착했던 나는 아이의 많은 것들을 무시했었다. 실제로 나는 당시까지 심리수업만 골라 아동과 관련된 수업을 모두 피하여 수강했고, 교육심리학과로 아예 전과할까를 고민했었다. 하지만 이 아이들을 보면서 아이를 대하는 것이 얼마나 즐겁고 위대한 일인가를 매 순간 깨닫게 되었다. 내가 아이들을 연구하는 아동학과인 것이 행복했고, 그 마음이 이어져 다음 학기에는 마음을 열고 아동교육 수업을 듣기도 했다. 나는 아직도 아이들이 나를 찾았다거나, "선생님하고 놀고 싶었어요."라고 말하는 아이의 말을 기억한다. 그 아이의 말이 계속 맴돌아서 방학 때도 서비스-러닝을 이어나갔다. 두 번째 서비스-러닝에서는 아이들과 만남 자체를 즐겼다. 그리고 두 서비스-러닝을 마무리하면서 아이들에게 마음을 쏟는 나 자신을 발견했다. 내가 아이들을 사랑한다면, 아이들도 그것을 눈치채고 나에게 애정을 쏟는다. 거기서부터 내 마음속에 가득 차 있었던 서재에 금이 가고 무너지기 시작했다. 소소하고, 다소 일시적이고 단기적인 만남이었지만 누군가를 사랑하는 감각을 익힌 것이다.

마지막 서비스-러닝은 〈아동 임상심리학〉에서 진행했다. 긍정 심리학에 이론적 근거를 둔 심리 적합성 프로그램을 노원구 한 중학교에서 보조 리더로서 진행하고, 보조 리더 활동을 위한 워크숍에 매주 참여했다. 긍정 심리학이란, 인간의 악덕과 약점 대신 미덕과 강점과 행복에 초점을 두는 심리학의 새로운 흐름이다. 심리 적합성 프로그램은 행복을 추구하는 능력 역시 적합성처럼 단련될 수 있다는 점에서 출발했다. 사실 개인적으로 긍정 심리학과 관련해 많은 이야기가 있었다. 처음 긍정 심리학이라는 그 이름을 접했을 때 수용하는 마음보다 반발하는 마음이 더 컸고, 이런 알 수 없는 반발심을 더 알아보기 위해 1 학년 때는 소학회小學會도 찾아갔다. 소학회에서 프로젝트를 끝낸 뒤에도 내 생각은 크게 바뀌지 않았던 것 같다. 지금 생각해보면 나는 긍정 심리학을 받아들이기보다 도전하기 위해 접근했던 것 같다. 그만큼 나는 개인적인 이슈에 얽혀 긍정 심리학을 비판적으로 바라볼 여유가 없었다. 당시 나에게 '긍정'은 기만적인 학문으로 다가왔고, 그런 나이기에 학문을 학문으로써 직면하지 못했다. 당시 서비스-러닝을 수강할 때 나는 많이 변화해 있었다. 옛날보다 더 여유가 있었고, 여유를 통해 나를 더 알아가고 싶었다. 나는 당시 서비스-러닝을 그때 바라보지 못했던 긍정 심리학을 다시 접할 좋은 기회로 생각하리라 결심했다.

많은 일화가 있었지만, 워크숍을 진행하는 내내 12색 사인펜이 내 머릿속을 떠나지 않았다. 굵지도 얇지도 않은 사인펜의 플라스틱 몸체가 주는 느낌, 사인펜이 지면에 닿을 때 내는 그 작은 소리, 내가 가진 사인펜보다 풍부한 색들이 나를 부드럽게 감쌌다. 사실 그 자체만으로도 그날의 피로가 가시는 것 같았는데 그것으로 내 행복에 대해 쓰고 그려나가니 기분이 충만해졌다. 나는 문득 내 일상이 사인펜 같다는 생각을 했다. 사인펜의 빨주노초파남보는 내 월화수목금토일과 같았다. 매일매일

나눔의 **온도**
배움의 **품격**

내가 쥐는 사인펜의 다른 색깔들이 특별하고 하얀 지면은 그 누구에게도 비판적이지 않으니 펜을 들고 있는 동안 나는 행복의 주인이 된다. 모든 사인펜이 그러하듯이, 반 정도는 따뜻한 밝은색이고 반 정도는 차가운 어두운색인 내 인생은 평범하게 느껴지기도 한다. 그래도 내가 그리는 그림은 지루할지언정 누구도 그려보지 않았고, 앞으로도 그려내지도 않을 소중한 것이었다. 내 평범한 인생이 그토록 가치 있는 것처럼, 다른 사람의 것도 그랬다. 그냥 그런 생각을 하면서 돌아가니 전부 다 어렴풋이 일기에서만 맴돌던 '행복'이 어떤 실체처럼 느껴졌다. 이런 충만함이 기존에 갖고 있었던 긍정 심리학에 대한 태도를 크게 누그러뜨렸다. 사실 나는 작년까지만 해도 긍정 심리학에 늘 날을 세웠다. 그것도 그럴 것이, 긍정 심리학을 처음 맞이할 당시 나는 미해결된 과제로 둘러싸여 있었고, '고작 그 일'이 아직 해결되지 않았다는 수치심 때문에 심리학에 파고들었다. 그러던 와중에 접한 긍정 심리학은 누구나 가지고 풀어가야 할 심리적 문제에서 고개를 돌린 학문으로 보였고, 나는 그것이 자본주의 사회의 효율성이 낳은 기만이라고 생각했다. 나는 심리적 상처의 영향력을 인간의 긍정성보다 크게 본 것이다. 모든 사람의 마음에는 죽은 땅이 존재하고, 거기에 씨앗을 심어도 아무런 영향이 없을 것으로 생각했다. 하지만 그건 사실 '모든 사람'이 아니라 '나'였다. 여유가 없는 나는 긍정 심리학의 가치를 배제했었다. 반대로 이제는 배제하지 않을 수 있게 되었다.

긍정 심리학에 대한 발견은 나를 변화시켰다. 긍정 심리학에 대한 생각은 예술의 전당 앞에서 본 〈장벽〉이라는 설치작품으로 요약할 수 있다. 〈장벽〉이라는 이름의 이 설치작품은, 서예박물관으로 올라가는 계단의 중간에 무너져가는 콘크리트 벽에 문 모양으로 중간이 뻥 뚫려있었다. 그것을 보고 우리 마음이 딱 저것 같다는 생각을 했다. 그 어떤 공간이나 시간도 우리 내부에서는 하나의 장벽으로 세워지고 무너진다. 그 장벽은 부끄러운 판타지에 물들 수도, 끔찍한 지옥처럼 보일 수도 있다. 하지만 그것은 사실 절대적인 장벽이 아니라, 한 공간에 세워진 구멍 뚫리고 한 면만 차지하는 것일 뿐이다. 슬픔과 고통도 마찬가지다. 눈앞에서 우뚝 선 장벽은 너무 거대해서 넘을 수 없다고 생각될 수도 있다. 하지만 조금만 더듬으면서 가다 보면 내가 빠져나갈 문 만한 크기의 구멍을 찾을 수 있다. 인간의 건강한 삶이란 이 장벽을 자유롭게 넘나들 수 있는 것과 같다. 내 약한 부분과 고통에만 집중한다면 그 앞에서 통곡할 수밖에 없지만, 그곳 외에 또 다른 곳이 있다는 것을 알면 언젠가는 빠져나갈 수 있다. 나 같은 경우에는 그것이, 그 장벽이 서재였을 뿐

나눔의 **온도**
배움의 **품격**

이다. 나는 지금까지 거기에 주저앉아서 책을 읽고, 또 읽었다. 나는 구멍이 있는지도 몰랐고, 밖에 사람이 있다는 사실을 실제 나가서가 아니라 책의 행간으로 알았다. 그래서 구멍 밖에는 나를 사랑하고 이해해줄 사람이 있다는 걸 몰랐다. 첫 두 번의 서비스-러닝이 내가 서재 앞에서 주저앉았다는 것을 깨닫게 해주었다면, 마지막 서비스-러닝은 구멍을 찾게 해주었다.

나는 밖으로 나갔다. 가끔 서재 쪽을 보기도 하고, 그쪽을 왔다 갔다 하기도 하지만 나는 이제 나올 줄 안다. 새로 만난 세계는 나를 더 쉽게 뒤흔들어 놓았다. 지금까지 서재 안에서 나를 방어해왔으니 처음에는 낯설어서 남몰래 울기도 많이 울었다. 하지만 그런 것들은 아무래도 상관없을 정도로 사랑을 느낀다. 누군가를 사랑하는 것은 한편으로 위험하고 어려운 일이다. 사랑하면 기대를 하게 되고, 기대하면 실망도 할 수 있다. 하지만 조금이라도 서로가 맞닿는다면, '우리는' 정말로 행복해진다. 내가 아이들로부터 조금씩 맛보았던 것은 그 지점에서였다. 나는 아직도 누군가를 사랑하는 것이 어색하다. 하지만 나는 이제 막 시작했다. 행간과 단어가 아닌, 사람의 눈과 마음으로 나를 이해하고 있다. 그 계기를 제공한 것은 서비스-러닝이었다. 서비스-러닝은 서재를 넘어 사랑과 이해를 받는 법을 가르

첬다. 사랑을 받는 것은 더 자연스러운 사랑을 하게 만든다. 이 깨달음은 나뿐만 아니라 모두를 향한 것이기도 했다. 모든 인간이 장벽을 넘는 그 날을 꿈꾸게 한 것은 다름 아닌 서비스-러닝이었다. 그래, 그래서 이 모든 시간이 나한테는 황금과 같았다.

나눔의 **온도**
배움의 **품격**

강의실에서 현장으로

○ 질문과 도전

서비스-러닝(Service-Learning)을 하기 전까지만 해도 나는 공동
체에서 먼 사람이었다. 현실에 지쳐 수업을 듣고, 과제와 시험
에 집중하다 보니 자연스레 다른 사람들에게도 '무관심'하게 되
어 버렸던 것이다. 그렇게 살고 있었는데, 3학년 1학기에 들었던
〈신앙공동체와 현장교육〉 첫 시간의 질문으로 인해 내 삶이
변화되기 시작했다. 첫 수업시간에 김기숙 교수님께서 "우리가
학교에서 배우고 있는 지식이 과연 살아있는 지식일까?"라는 질
문을 하셨다. 그리고 우리가 기독교인으로서 어떻게 살아야 하
는지, 공동체 속에서 우리의 역할과 책임은 무엇인지에 대한 질
문을 던져 주셨다. 이런 질문에 도전을 받고 조금은 충동적으
로 서비스-러닝에 지원하게 되었다.

그렇게 살아있는 지식에 대한 궁금증을 안고 탈북청소년 대
안학교인 H 학교에서 교육 봉사를 시작했다. 나와 함께 한 학
기를 보냈던 봉사 대상자는 20대 중반이었으며, 한 아이의 어머
니로 검정고시를 준비하고 있었다. 이 봉사 대상자의 학습을 도
우며 좋은 관계를 맺는 것이 기관의 요청이었다. 처음에는 학습
적인 것에 집중했다. 서로에 대한 이해 없이 단순한 지식 전달
을 했다. 하지만 학습적인 진전이 잘 이루어지지 않아 고민하던
중, 관계를 맺는 것이 먼저 이루어져야 함을 깨달았다. 그 후로

나눔의 **온도**
배움의 **품격**

내가 가지고 있었던 무관심의 습관을 버리고 관계 맺기에 좀 더 집중하고자 노력했다. 그 결과 봉사 대상자와 언니 동생의 관계가 되어, 봉사 대상자가 과거의 아픔, 현재의 고민까지도 서슴없이 말할 수 있을 만큼 편한 사이가 되었고 학습 능률 또한 더 오를 수 있었다.

하루는 이상하게 봉사 대상자가 활동에 집중하지 못했다. 알고 보니 북한에 계신 아버지께서 수술을 하셔야 할 만큼 위급한 상황이었다. 그래서 그날은 공부를 하지 않고 이야기를 들어주면서 시간을 보냈었다. 이 과정에서 나는 목표하는 바가 있더라도 나의 역할과 목표만 생각하지 말고, 상대방의 필요를 먼저 알고 그것을 채우기 위해 다가가는 것이 중요함을 배웠다. 이러한 경험을 통해 관계 속에서 배우는 것들이 진정한 '살아있는 지식'이라는 것을 알게 되었다. 다름을 인정하고 받아들이려는 자세, 관계 속에서 부딪치는 문제들에 대한 대처와 배려, 일방적인 관계가 아닌 함께 소통하는 관계를 맺는 법 등이 바로 그것이다. 이것은 한 사람만으로는 얻을 수 없다는 점, 한 사람이 주고 다른 사람이 받는 일방적인 것이 아니라 두 사람이 함께 얻을 수 있다는 점에서 귀하다고 생각한다.

활동을 하면서 학습적인 어려움도 있었다. 봉사 대상자가 문제를 풀 때, 문제 자체를 이해하지 못해 시작조차 하지 못하는 경우가 많았다. 봉사 대상자에게 한국어는 마치 외국어와 같아 이해하기가 어려웠던 것이다. 그래서 문제의 뜻을 설명해주는 것만 해도 많은 시간이 걸리곤 했다. 어느 순간 이러한 어려움은 학습적인 문제만이 아님을 깨닫게 되었다. 대한민국도 넓은 의미에선 그들에게 외국이었다. 그만큼 적응이 힘들고, 외로운 곳이었다. 그래서 봉사 대상자와 같은 북한이탈주민들은 대부분의 경우 그들만의 공동체를 구성해 그들끼리 어울리고 있었다. 이 모습도 결국 우리의 무관심과 편견이 만들어 낸 것 같아서 마음이 복잡했다.

○ 나로부터 우리로의 변화로

마침 나는 '삶과 공공선'이라는 주제의 〈바롬인성교육Ⅲ〉 수업을 듣고 있었다. 서비스-러닝 활동을 하면서 북한이탈주민에 대한 관심이 생겼던 나는 이러한 무관심과 편견을 해결하고, 함께 어울려 사는 사회를 만들고 싶었다. 비슷한 생각을 가진 친구들끼리 모여 '북한이탈주민 이해와 인식개선'이라는 주제를 완성하게 되었다. 그렇게 우리는 북한이탈주민에 대한 우리의 무관심을 개선하고, 이것을 위한 움직임에 친구들이 동참할 수 있는 장을 만든다는 취지로 북한이탈주민 친구들과 남한 친구들이 직접 만나서 소통하는 활동을 수행했다. 마지막 활동 소감

나눔의 **온도**
배움의 **품격**

을 나눌 때 한 남한 친구가 말했던 것이 기억에 남는다. "북한이탈주민을 떠올리면 가난하고 무조건적인 도움을 바라는 모습을 생각했었는데, 활동하면서 그게 엄청난 편견이었음을 깨달았다. 앞으로 좀 더 다른 시각으로 북한이탈주민을 바라볼 것이다."

이렇듯 우리의 활동으로 인해 작은 움직임과 변화는 일어나고 있었다. 실제로 활동이 종료된 후에도 계속해서 연락하는 친구들이 있을 만큼 관계가 형성되고, '작은 공동체'가 출발하게 된 것이다. 〈바롬인성교육Ⅲ〉 수업에서 우리의 최종발표를 듣고 이 모임에 함께하고 싶다는 이야기가 많이 나왔었는데, 우리가 모두 무관심에서 관심으로 한 발짝 나아간 것 같아 뿌듯했었다. 활동을 함께 했던 한 북한이탈주민 친구가 '예전에는 돈으로 친구를 샀었다.'라고 말했던 것이 기억에 남는다. 그 친구는 어머니와 함께 탈북했지만, 너무 바빴던 어머니로 인해 항상 혼자였다고 한다. 매일 혼자 밥을 먹었기 때문에 친구와 같이 먹고 싶었고, 그래서 돈만 있으면 친구들에게 썼다고 한다. 그렇게 사귄 친구들은 돈이 있을 때만 곁에 있었고, 그렇지 않을 때는 곁에 없었다고 한다. 북한이탈주민 친구는 이것을 '아픈 상처'라고 표현할 만큼 엄청난 외로움과 소외감을 느끼며 자라왔었다. 이런 친구가 "좋은 인연을 만들게 된 것 같아서 고맙다"

"즐거웠다"고 말할 때 나는 아무리 작은 것이라도 중요할 수 있고, 우리의 작은 행동 하나가 변화를 낳게 된다는 것을 경험할 수 있었고, 그렇게 "함께 함"의 힘을 알게 되었다.

○ 서비스-러닝에서 글로벌 서비스-러닝을 거치며

한 학기 동안 서비스-러닝 활동을 하면서 글로벌 서비스-러닝(Global Service-Learning)을 알게 되었다. 서비스-러닝과 〈바롬인성교육Ⅲ〉를 통해 의미 있는 삶은 혼자가 아닌 함께 살아갈 때 이루어질 수 있다는 것을 배웠기에, 이제는 좀 더 멀리 나아가고 싶어졌다. 나는 이렇게 조금씩 변화하고 있었다. 다른 문화 속에서도 어떻게 서로를 존중하며 함께 함의 가치를 경험할 수 있는지 알고 싶었고, 세계 속에서 관계 맺음의 즐거움을 느끼고, 또 다른 살아있는 지식을 경험해 보고 싶었다. 그렇게 글로벌 서비스-러닝에 지원하게 되었고, 합격해서 활동할 기회를 얻게 되었다. 사전교육 때 유숙영 교수님께서 스쳐 지나가는 순간마다 배움의 기회를 만드는 준비를 해야 한다고 말씀해 주신 것이 인상 깊었다. 이것이 결국 살아있는 지식을 얻는 방법이었다. 아무리 많은 것을 경험하더라도 내가 준비되어있지 않으면 그 경험들은 그냥 흘러간 시간에 불과한 것이었다. 이후로는 항상 어느 상황, 어떤 사람을 만나든지 그 상황과 사람에게서 배

나눔의 **온도**
배움의 **품격**

울 점을 찾으려고 노력하게 되었고, 이 습관이 관계 또한 더욱 풍성하게 만들어 주었다. 사전교육 때 가장 기억에 남았던 것은 해외봉사 현장에서의 안타까운 사건이었다. 유독 한 아이를 예뻐했던 봉사자들로 인해 다른 아이들이 시기와 질투를 했었다고 한다. 봉사자들이 돌아가고 소외감을 견디지 못한 아이는 결국 죽음을 선택하고 말았다는 것이었다. 이것을 듣고 무엇을 하든지 가장 중요한 것은 사람임을, 결과가 좋더라도 그 과정에서 사람이 상처를 받게 되면 그것은 바람직하지 않음을 배웠고 이를 기억하면서 활동하리라 다짐했다.

그렇게 몽골(Mongolia)로 가서 2주간 활동을 하게 되었다. 몽골의 대학생들과 만날 때 나름대로 그들과 소통하려 했지만, 호기심을 충족하기 위한 일방적인 대화를 하는 내 모습을 발견하고는 솔직히 많이 놀랐다. 그 순간 한꿈학교 선생님께서 해 주셨던 말씀이 떠올랐다. '바울이 유대인을 얻기 위해 유대인처럼, 이방인을 얻기 위해 이방인처럼 되었듯이 새터민 사역을 할 때는 그들처럼, 그들 속으로 들어가야 한다.'는 말씀이었다. 이 말씀은 나도 모르게 나와 그들을 구분하고 있던 내 모습을 반성하게 만들었고, 진정으로 소통하고 함께하는 것이 무엇인지 다시 한번 생각하게 만들었다. 이 경험으로 나는 상대방에게 '호기심'이 아닌 '관심'을 가져야 진정으로 소통할 수 있다는 사실

을 깨달았다. 아이들과 함께 교육, 미술, 체육 활동 등을 할 때
는 이 점을 염두에 두고 관계를 맺으려고 노력했다. 그 결과 관
심의 힘을 느낄 수 있었다. 단순히 말 한마디를 거는 것이 아니
라 존중받고 있다고 느끼게 하는 이 관심은 사람의 마음을 열
수 있는 힘이었다. 그렇게 나는 또 다른 살아있는 지식을 배울
수 있었다.

○ 우연한 만남과 이끌림

글로벌 서비스-러닝에서의 만남이 지금의 나를 필리핀(Philip-
pines)에 있게 만들었다. 글로벌 서비스-러닝 몽골팀은 (사)아시
안프렌즈와 연계되어 (사)아시안프렌즈 몽골지부로 가서 활동했
었다. 그곳에서 만났던 (사)아시안프렌즈 봉사단원이 월드프렌
즈 봉사단이라는 프로그램을 소개해 주었다. 그때 나도 단원으
로 활동해 보고 싶다는 생각을 잠깐 했었다. 또한, 같이 몽골로
봉사를 갔었던 우리 글로벌 서비스-러닝 몽골팀 학우들의 권유
로 인해 그해 겨울방학에 SWCD(Seoul Women's University Career
Development) 기업현장실습 프로그램에 참여해 기아대책 인턴
으로 시간을 보내게 되었다. 우리가 활동하는 기관은 모두 달
랐지만, 인턴 생활에서 오는 어려움과 즐거움을 함께 나누며 서
로 의지할 수 있었다. 지금 생각해보면 이러한 작은 만남이 정

나눔의 온도
배움의 품격

말 소중한 것 같다. 그 만남들이 지금의 나를 구성하고 있다고 생각하기 때문이다.

기아대책 인턴으로 활동하면서 국제구호단체에 대해 더욱 관심을 갖게 되었고, 국내에서 묵묵히 일하는 든든한 손길이 있기에 해외 현장 또한 존재할 수 있다는 것을 느꼈다. 그렇게 함께 살아가는 것의 중요성을 느껴가면서 국제구호단체를 설립하고 싶다는 마음이 점점 커졌다. 하지만 인턴 활동을 마치고 4학년을 바쁘게 보낸 후 졸업이 다가오자 불안한 마음에 여러 직무 특강, 자격증 특강 등에 참여하게 되었다. 그러던 중 인사/교육 직무특강에서 WHY의 중요성에 대해 듣게 되었다. 왜 그 일을 하려고 하는지, 왜 그 직무가 아니면 안 되는지에 관한 이야기였는데, 그 말을 듣는 순간 내가 왜 여기 있는지 생각해보게 되었다. 그러면서 비전과 관련 없이 나아가려고 하는 나를 발견하게 되었고, 정신을 차릴 수 있었다. 그러다 문득 글로벌 서비스-러닝을 통해 알게 된 월드프렌즈 NGO 봉사단 프로그램이 생각났고, 개발 협력의 현장에서 새로운 부분들을 경험하며 한 걸음 나아가고자 2017 기아대책 월드프렌즈 NGO 봉사단원으로 지원하게 되었다. 서류전형부터 시험, 면접을 거치면서 나는 '주의 나라와 주의 의를 위하여, 고아와 과부를 위하여'라는 말씀을 생각하며 준비했고, '국제 구호단체 설립'이라는 비전을 더욱 더 확실히 품게 되었다. 감사하게도 합격했고, 2017년 2월 말부터 필리핀에서 1년간 활동하고 있다.

○ 2017 월드프렌즈 NGO 봉사단으로

나는 현재까지 필리핀에서 아동결연과 재정 업무를 하고 있다. 거의 10개월 동안 NGO 봉사단으로 활동하면서 많이 배우고 있다. 가장 크게 배운 것은 아무리 좋은 환경과 상황이 주어지더라도 내 마음이 변하지 않으면 불행할 수밖에 없다는 것을 깨달은 것이다. 그 이후로 주변의 변화가 아닌 내 마음의 변화가 필요함을 느끼고, 입술과 마음을 지키면서 활동하기 위해 노력하고 있다. 예전에는 외국 생활에 대한 환상을 가지고 있었는데 문화적, 언어적 차이 등 여러 상황을 만나면서 다른 나라에 사는 것이 쉽지 않은 일이라는 것을 경험하고 있다. 항상 긴장하면서 사는 나를 보면서 우리나라에 사는 외국인들도 어려움이 많겠다는 생각 또한 하고 있다. 이렇게 외국에 사는 외국인의 위치에서 여러 가지를 경험하면서 다른 사람들을 이해하는 폭이 넓어지고 있기도 하다.

이곳에서 배운 살아있는 지식 중 하나는 상대방의 속도에 맞춘 '소통'이다. 소통 없는 인간관계는 일방적인 '불편한 관계'에 불과하다. 이 소통은 관심과 함께 함을 바탕으로 이루어진다고

나눔의 **온도**
배움의 **품격**

생각한다. 관심을 가지고 함께하다 보면 그 사람의 속도를 알게되고 진정으로 소통이 가능해질 수 있다고 생각한다. 물론 이러한 지식의 뼈대는 서비스-러닝 활동을 하며 배웠었지만, 지금은 나무에 잎이 나고 열매가 맺히듯 하나하나 채워가고 있는 기분이다. 봉사단 활동 중, 체육 대회에서 혼자 밥을 먹고 있는 아이를 본 적이 있다. 친구가 되고 싶은 마음에 그 아이에게 다가가서 함께 앉았다. 하지만 그 아이는 불편했는지 도시락 뚜껑을 닫고는 도망가 버렸다. 그때 나는 그 아이가 외로울 것이라고 단정 짓고, 일방적인 소통을 하려고 했던 모습을 반성했다. 이 경험을 통해 일방적인 관심이 누군가를 불편하게 할 수도 있다는 사실과 속도의 중요성을 깨달았다. 상대방이 준비되어 있지 않은데 일방적으로 관계를 맺으려고 하는 것은 또 다른 상처를 만드는 일이 될 수 있다고 생각한다. 그래서 나는 혼자서 저 멀리 바라보고 나아가는 것이 아니라, 상대방과 속도를 맞춰 함께 소통하기 위해 노력하는 중이다.

내가 활동하는 곳은 재정착촌으로, 다른 생활 기반들이 잘 갖춰져 있지 않다. 주변에 일자리도 없기 때문에, 부모님들이 일하러 멀리 가야 하는 상황이다. 그러다 보니 아이들이 부모님의 울타리 안에서 자라기 힘든 것이 현실이다. 지금까지 임신, 학업중단 등 아이들의 사정으로 결연이 중지되는 수많은 경우를 보면서, 부모님의 역할이 얼마나 중요한 것인지 느끼고 있다. 이럴 때마다 물질적인 지원도 중요하지만, 아이들이 양육자와의 끈끈한 유대관계, 충분한 관심과 사랑 안에서 자랄 수 있는 권리가 우선되어야 하는 것은 아닌지 생각한다. 이렇게 활동하면서 내 나름대로 어떤 국제구호단체를 만들어야 할지 고민하는 중이다. 지금까지의 경험으로는 후원에 의존하는 것이 아닌, 수익사업을 통해 자금을 마련하고 개발 협력을 하는 단체를 만들어보고 싶다. 봉사단원 활동을 하면서 아동결연 후원금의 일부가 현장에서 직원 식비 등으로 사용될 때 가끔씩 불편한 마음이 들었다. 그리고 후원금을 소비하기 위해 프로그램을 실시해야 하는 상황들도 만났다. 또한, 현장 사진을 찍을 때 더 기쁘게 찍기 위해 노력하는 나를 보며 복잡한 생각이 들기도 했다. 이렇듯 후원금과 관련된 문제들을 만나면서 후원자가 아닌 현장을 제대로 바라보고, 현장의 필요를 채우기 위한 활동을 해보고 싶다는 생각이 들었다. 그러려면 돈에서 자유로워져야 한다고 생각한다. 하지만 국제개발협력이라는 분야는 많은 사람의 참여와 소통으로 이루어져야 하기에, 어떤 형태의 단체를 만들어야 할지 질문하며 고민하고 있다.

앞으로 나는 국제개발협력이나 사회적 기업과 관련된 공부를 해보고 싶다. 봉사단원 활동을 하면서 더 많은 경험과 배움의

나눔의 **온도**
배움의 **품격**

필요성을 느꼈기 때문이다. 현장을 경험하며 '살아있는 지식'을 하나씩 배우고 있지만, 전문 지식이 많이 부족하다고 생각한다. 전문 지식과 현장 경험, 이 두 가지가 균형을 이룰 수 있도록 열심히 배울 것이다.

○ 강의실에서 현장으로

강의실에서의 교수님의 질문 한 마디가 나를 지금의 현장으로 이끌었다. 그 질문을 통해 서비스-러닝을 하면서 살아있는 지식이 무엇인지, 함께하는 기쁨이 무엇인지 배울 수 있었다. 그렇게 서비스-러닝과 바롬인성교육을 연관 지어 활동하면서 작은 움직임이 나를, 우리를, 주위를 변화시킬 수 있음을 경험했다. 서비스-러닝을 통해 글로벌 서비스-러닝을 알게 되었고 그것이 만남을 가져와 내가 월드프렌즈 NGO 봉사단으로 활동할 수 있게 만들었다. 이 모든 것이 이어지는 것이 정말 신기하면서도 앞으로는 어떤 일들이 펼쳐질지 기대된다. 미래의 나는 어디서 무엇을 하고 있을지 알 수 없지만, 이것만은 분명하다.

나는 모두가 행복한 세상을 위해 계속 질문하며 나아갈 것이다.

지속적 변화와 성장

(Sustainable Change and Growth) **이야기**

○ 우리가 지켜낸 청소년의 성性 건강

평소 청소년에 관심이 많았던 나는, 청소년에게 피임을 가르쳐 줄 수 있는 기회가 있다는 사실에 〈결혼과 가족〉 과목의 서비스-러닝(Service-Learning)을 신청했다. 사실 처음에는 청소년에게 강의한다는 사실에 막막하기도 했지만, 〈바롬Ⅲ〉에서 청소년 성매매에 관한 주제를 다루어보니, 청소년의 성은 사회에서 더 관심을 가져야 할 주제였기 때문에 적극적으로 참여하게 되었다.

서비스-러닝을 시작 후 '피임' 주제에 관심이 있는 조원들과 만나서 어떻게 청소년들에게 피임에 대한 내용을 어렵지 않으면서도 정확하게 전달할 수 있을까 고민했다. 조원들과 첫 회의를 하며 우리가 정확하게 알지 못하면 아이들에게도 정확한 정보를 전달하기 어려울 것이라는 생각이 들었다. 따라서 처음에는 서로 피임에 대해 가진 지식 혹은 정보에 대해 이야기를 나누는 시간을 가졌다. 그런데 청소년에게 피임에 대해 알려주어야 할 우리조차도 피임에 대한 정확한 정보를 알지 못하는 경우가 있었다. 따라서 정확한 정보를 나누며 그동안 잘못 알고 있던 정보를 다시 숙지하는 시간을 가졌다.

이후 청소년에게 전달할 피임 강의 자료를 준비하면서, 우리 조원들은 점차 서로의 성적인 고민에 대해서도 개방적으로 털어놓게 되었다. 처음에는 약간 부끄럽기도 하고 감추고만 싶었던 성 관련 고민을 한 번 털어놓기 시작하니 오히려 마음이 편했다. 또한 '나'만의 고민이었던 내용이 '우리'의 고민이 되어 점차 해결되는 경우가 생겼다. 조원들은 이러한 과정을 통해, 이 고민은 단지 우리의 고민이 아닌 우리가 곧 만날 청소년의 고민일 수 있다는 생각을 하게 되었다. 따라서 우리의 고민 나눔은 청소년에게 필수적으로 전달해야 하는 내용이 무엇인지, 필수적인 내용 중에서도 어디에 초점을 두어야 하는지 더 구체화 시켜 고민하는 데 도움이 되었다.

수많은 고민 끝에 완성된 강의 내용에는 경구피임약, 사후피임약(응급피임약), 콘돔사용, 성과 관련된 여러 상황(원치 않는 성관계 제안 등)에서의 대처방법 등이 포함되었다. 이 모든 내용은 '우리'의 고민에서 나온 내용이었을 뿐만 아니라 기본적으로 청소년에게 꼭 알려줘야 하는 내용이었기 때문에 포함했다. 사실, 강의하기 전까지 아이들이 이 내용을 잘 받아들일 수 있을까, 아이들에게 어렵지는 않을까, 혹은 아이들이 이 내용을 회피하지는 않을까 등 여러 가지 걱정을 했다. 하지만 막상 강의를 시작하니 우리 조원들의 첫 만남보다 아이들이 피임 관련 지식을 훨씬 더 잘 알고 있는 모습을 보고 많이 놀랐다. 구체적으로 아이들은 콘돔 착용법을 정확하게 알고 있고, 성과 관련된 상황에

나눔의 온도
배움의 품격

서 차분하게 대처하는 모습을 보여주어 조원들과 담당 선생님께서도 놀라움을 금치 못했다. 이후 진행된 질문시간에서는 청소년들이 그동안 누구에게도 묻지 못했던 피임 관련 고민에 대해 답변하게 되었다. 특히 이 시간은 이제까지 조원들이 함께 회의하며 나눈 피임 관련 궁금증과 고민이 빛을 발하여, 청소년에게도 정확한 답변을 할 수 있었다.

비록 강의가 한 번뿐이라 아쉬운 점은 있었지만, 이 시간은 조원들과 함께 솔직한 이야기를 나누며 성장할 수 있었던 시간이었다. 청소년의 건강한 성을 위해 많이 고민했던 조원들의 노력이 묻어난 시간이었으며, 실제로 아이들도 강의에 만족했다는 답변을 주어 뿌듯한 시간이었다. 그동안 사회에서는 피임에 대한 이야기를 제대로 알려주지 않아 계속 음지에서만 이를 배우게 되는 분위기를 조성했다. 결국, 이러한 분위기는 피임에 대한 정확한 정보를 알지 못하게 하고, 청소년에게 원치 않는 결과를 불러올 수 있다. 하지만 피임에 대한 이야기가 음지에서 지속되지 않고, 이와 같은 강의가 활성화된다면 청소년의 건강을 지킬 수 있을 것이다. 또한, 이는 청소년뿐만 아니라 바로 우리, 즉 서울여자대학교 학우들에게도 필요한 내용일 것이며 나아가 사회에도 필요한 내용일 것이다.

○나의 꿈을 키워준 아이

이 아이를 처음 만난 건 아동상담심리 서비스-러닝을 통해서
였다. 이전에 보호관찰 처분을 받은 청소년을 봉사활동에서 만
난 적은 있었지만, 학업중단 청소년을 만난 경우는 이번이 처음
이었다. 평소 청소년에 관심이 많았기 때문에 많은 기대가 되면
서도 학업중단이라는 특수한 케이스였기 때문에 걱정이 되기도
했다. 담당 선생님과 사전 회의를 하고 그 이후부터 이 청소년
을 어디에 초점을 두고 멘토링⁴을 진행할 것인지 고민했다. 학습
지원을 하는 것이 기본적인 사항이었기 때문에 아이의 수준에
맞추어 멘토링을 준비하는 것이 우선적이었다.

첫 만남은 멘티⁵ A를 관찰하는 것부터 시작되었다. 수업시간
에 배운 대로 청소년을 상담하거나 멘토링을 할 때 관찰이 우선
되어야 한다는 점을 바탕으로 A를 관찰하며 첫 멘토링을 시작
했다. A는 외모에 관심이 많아 보였고, 이야기를 들어보니 자신
의 꿈을 위해 부모님께서 허락해주셔서 학업중단을 하고 음악
관련 학원에 다니는 중이었다. 첫 만남이었지만 A의 강점(지지적
인 부모님, 학업중단 자체에 대해 스트레스받지 않는 A 자신)을 발견할 수

---

4 멘토링(mentoring): 경험과 지식이 풍부한 사람이 멘티에게 지도와 조언을 하면서 실력과 잠재
    력을 개발하는 것
5 멘티(mentee): 멘토링을 받는 사람.

나눔의 **온도**
배움의 **품격**

있던 시간이어서 정말 다행이라는 생각을 했다. 그뿐만 아니라 A는 긍정적인 성향을 가진 청소년이었다. A와는 주로 영어 공부를 함께 했는데, 자신이 모르는 내용이 나오더라도 포기하지 않고 궁금한 내용을 질문하거나 발음해보려고 시도하는 등 긍정적인 모습을 자주 보여주었다. 이러한 A의 모습에 나도 용기를 얻어 더 열심히 멘토링을 해주려 노력했다.

이후 A는 멘토링에서 밝은 모습으로 나와 함께 하고자 노력해주었으며, 개인적인 고민 상담을 하며 자연스럽게 라포(rapport)[6]를 형성했다. 시간이 지나자, 처음에는 밝은 모습만 보였던 A에게도 학업중단은 학교에 다니는 다른 친구들과 자신을 비교하게 하는 요소였기 때문에 가끔 슬퍼하는 모습이 있다는 것을 알 수 있었다. 그럴 때마다 옆에서 A를 지지해주며 A의 슬픔을 공감해주기 위해 노력했다. 멘토링하는 시간이 지날수록, A는 점차 자신이 앞으로 어떤 방식으로 살아갈 것인지 구체적으로 이야기하기 시작했다. 처음에는 자신의 길을 위해 학업중단을 하고 현재 학원에 다니는 것에 만족했다면, 시간이 지날수록 현재에 만족하면서도 미래의 계획을 함께 이야기하는 모습을 보여주었다.

---

6 라포(rapport): 상담이나 교육을 위한 전제로 신뢰와 친근감으로 이루어진 인간관계.

비록 학기 중 수업인 서비스-러닝 특성상 정해진 횟수가 있고, 방학 중 서비스-러닝[7]까지 계속해서 만나지는 못했지만, 멘토링을 하는 동안에는 최선을 다해 영어를 가르쳐주었고, A도 최선을 다해 배우려 노력했다. 멘토와 멘티의 노력뿐만 아니라 멘토링 과정에 있어 막막할 수도 있었던 부분들은 아동상담심리 수업을 통해 많이 해소되었다. 예를 들어, 수업시간에 첫 회기에서 어떤 부분에 중점을 두어야 하는지, 상담 초반에 내담자와 함께 상담 목표를 어떻게 설정할 것인지, 상담은 어떤 방식으로 진행할 것인지 그리고 상담이 끝나갈 때쯤 내담자와 종결에 대해 어떻게 논의할 것인지 등을 배웠다. '멘토링'이라는 단어만 보면 상담과 거리가 먼 것 같지만, 사실 청소년을 만나 관계를 맺는 과정이기 때문에 아주 거리가 멀지 않았다. 그 때문에 A와 첫 만남에서 앞으로의 멘토링 방식과 목표를 함께 정했으며 특히, 멘토링이 끝나갈 때에는 앞으로 남은 만남의 횟수를 미리 알려주어 A가 당황하지 않도록 도와주었다.

서비스-러닝을 통해 처음으로 학업중단 청소년을 만나 멘토링을 한 결과가 긍정적이었기 때문에 조금 더 용기가 생겼다. 만났던 청소년 중에서는 새로운 유형이었지만, 앞으로 학업중

---

7 학기 중 서비스-러닝을 방학 중에 심화하여 지속할 수 있는 프로그램으로, 국내 서비스-러닝 브릿지 과정과 해외봉사-학습이 있다.

나눔의 **온도**
배움의 **품격**

단 청소년을 만날 수 있을 것이라는 자신감과 함께 이 아이들에게는 어떤 것이 우선 되어야 하는지 우선순위를 세우는 데에 도움이 되었던 멘토링이었다. 특히, 학업중단 청소년 멘토링 서비스-러닝을 통해 '학업중단'의 특성을 지닌 청소년에 더욱 관심이 생겨 개인적으로 학업중단 청소년을 만나고자 직접 지역구 '꿈드림' 센터에 연락을 취해 봉사활동을 시작하게 되었다. 새롭게 만난 학업중단 청소년 B는 앞서 만난 A와 아주 다른 이유로 학업중단을 하게 되었지만, A와 만났던 경험을 바탕으로 B와의 첫 만남을 침착하게 이어나갔다. 그뿐만 아니라 B는 A와 다른 성향을 지녔기 때문에 어떻게 멘토링을 이어나갈지 처음에는 많은 고민을 했다. 하지만 A와 라포를 잘 형성하고 이어갔던 과정들을 생각하며 B의 관심사가 무엇인지 같이 이야기를 나누었고, B는 점차 마음을 열게 되었다. B가 점차 마음을 열자, B의 고민이 무엇인지, 어떤 감정을 느끼는지 등 구체적으로 이야기를 나눌 수 있게 되었고 영어 멘토링과 더불어 B의 정서적인 부분도 함께 멘토링이 가능해졌다.

초반에 학교에서 연계해준 서비스-러닝에서 시작하여 자발적으로 지역사회에 있는 학업중단 아이들과 만나게 되었다. 일반적으로 서비스-러닝을 통해서 우리가 지역사회와 그 안에 속한 청소년에게 도움을 주기만 한다고 생각하지만, 실제 서비스-러닝 과정에서는 지역사회에 속한 청소년을 통해 우리의 꿈과 미래에 대해 더 생각할 기회를 얻게 된다. 결국, 내가 만났던 아이들은 상담자가 되고자 했던 내 꿈을 확장하고, 용기를 내어 다른 청소년을 만나러 더 도전할 기회를 주었다. 대학원 졸업을 앞둔 나는 아직도 이때의 벅차오름과 용기를 가졌던 순간을 잊지 않고 현장에 나아가고자 한다.

○ 아동들과 함께한 내 몸에 대한 탐색

이전에 경험한 두 번의 서비스-러닝을 통해 서비스-러닝이 단순히 '봉사활동' 혹은 '1학점'의 의미만 지닌 것이 아니라, 개인의 삶에 큰 영향을 줄 수 있는 활동이라는 점을 깨닫게 되었다. 이러한 깨달음을 가지고 마지막 학기인 4학년 2학기에도 의미 있는 서비스-러닝 활동을 하고자 〈여성학과 남성학〉 수업에서 진행하는 서비스-러닝을 신청했다. 1년 전에 이미 민가영 교수님께서 관리하시는 서비스-러닝에 참여해 본 경험이 있었기 때문에, 이번에도 성性과 관련된 프로그램을 만들어 강의하는 것임을 예상하고 신청했다. 실제로 참여해보니 예상대로 성 관련 주제에 대한 프로그램을 만들어 아이들에게 강의하는 구성의 서비스-러닝이었다. 그러나 이번에는 아동을 대상으로 한다는 점과 성 관련 주제가 '생리(월경)'라는 점에서 차이가 있었다. 1년

나눔의 **온도**
배움의 **품격**

전에 진행했던 피임은 기존에 관심이 있던 주제였으나, 이번 주제는 생활 속에서 너무나 익숙했던 내용이라 오히려 어떻게 설명해야 할지 감이 오지 않았다. 본 주제에 관심 있는 조원들을 만나 첫 회의를 하며, 우리가 어떤 내용을 반드시 전달해야 하는지 요약해보았다. 특히, 지난 활동과 달리 이번 활동에는 남녀 초등학생들이 모두 포함되어 있었기 때문에 더욱 조심스러웠고, 더욱 정확한 내용을 전달해야 할 필요성을 느꼈다.

두 번, 세 번, 계속해서 프로그램을 통해 전달해야 할 내용을 고민하다 보니 남녀 성별이 섞여 있을 뿐만 아니라 여자아이 중에서는 벌써 월경을 시작한 아이들과 아직 월경을 시작하지 않은 아이들이 함께 섞여 있다는 사실을 새로 알게 되었다. 이때 아이들에게 필요한 것이 바로 '존중'이었다. 우리는 그동안 학교에서 서로를 존중해야 한다는 것을 배워왔는데, 이를 어떻게 아이들에게 내용전달 할 때 적용할 수 있을지 많이 고민했다. 〈바름I〉과 〈바름II〉에서 배웠던 생활 속에서의 존중을 어떻게 했는지 돌이켜 생각해보니 바로 '상대방의 입장에서 생각'하는 것이 존중의 핵심이었다. 따라서 각 아이의 입장에서 본 강의를 들을 때 어떠한 느낌일지, 또 이를 어떻게 받아들일지를 고민하게 되었다.

조원들 간의 피드백과 교수님께 받은 피드백을 바탕으로 아이들의 연령이 어린 만큼, 동영상을 많이 추가하여 흥미롭게 집중할 수 있도록 강의를 구성하였다. 따라서 월경의 시기, 기간, 월경통 등의 자료에 대한 영상을 추가하여 이해를 돕고자 했다. 그리고 곧 첫 월경을 시작할 예정인 아이들을 위해 첫 월경 시 당황하지 않고 믿을 수 있는 어른(부모님, 선생님 등)에게 자신의 월경을 알리는 편지를 써보는 활동을 진행했다. 프로그램 대상자였던 아동들은 지역아동센터에 있는 아이들이었기 때문에, 편모/부 가정이나 조부(모)께서 기르는 가정인 경우가 상당히 많았다. 따라서 전공시간에 배운 점을 활용하여 이처럼 작은 활동에서도 표현 하나, 말투 하나 아이들에게 상처가 되지 않도록 최대한 조심히 작성하고 사용했다.

프로그램 강의 당일, 기관에 부탁드린 준비가 제대로 되지 않아 당황스럽기도 했지만, 이 또한 하나의 경험이라 생각하며 조원들과 어떻게 극복할지 우선적으로 의논했다. '나' 혼자 생각하지 않고 '우리'가 모여 생각하니, 초반에 빔프로젝터가 없어 당황스러웠던 상황도 개인이 가져온 노트북으로 극복할 수 있었다. 강의가 시작되고 예상보다 아이들이 더 어수선한 모습을 보였지만, 아이들의 특성상 당연히 어수선한 모습을 보일 수 있기 때문에 아이들이 주제와 벗어난 질문을 하여도 주제와 최대한 관련될 수 있게 다시 이끌어오는 등 조원들이 모두 노력하여 강

나눔의 **온도**
배움의 **품격**

의를 진행했다. 다행스럽게도 아이들은 중간중간 나오는 동영상에 집중하며 처음보다 한층 더 집중하는 모습을 보이며 마지막 O, X 퀴즈까지 열심히 임해주었다. 세상 어느 것보다 소중한 '나'의 몸이지만 평소에는 잘 이야기하지 않아 부끄럽기도 하고, 말하기 이상할 수도 있었지만, 아이들이 점차 집중해가는 모습에 뿌듯함을 느끼면서 강의를 마무리했다.

어떻게 보면 단순하고 쉬운 주제인 듯해 보였던 '월경'은 우리에게 많은 도전의식을 불러일으켰다. 이 주제를 어떻게 간단하면서도 정확하게 전달하여 아이들의 삶 속에서 녹여낼 수 있을까 많이 고민했다. 혼자 고민했다면 하지 못했을 일이지만, 내가 가진 아동에 대한 전공지식과 다른 조원들의 프로그램 주제 관련 경험 및 자료 제공으로 인하여 만들어진 결과물이었다. 즉, 이는 팀워크로 만들어진 결과물이며 그동안 학교에서 '우리'는 '나'보다 똑똑하다고 했던 내용을 실감하게 해주었던 경험이었다.

○ 단순한 봉사활동을 넘어서

앞서 언급된 것처럼 서비스-러닝은 단순한 봉사활동이 아닌 우리가 함께할 수 있는 활동이자 지역사회 및 아동·청소년에게 도움을 줄 수 있는 활동이다. 지속적으로 청소년 상담에 관심을 가졌던 나는 지난 세 번의 서비스-러닝을 통해 내 미래의 방향에 대해 더욱 진지하게 생각해보는 시간을 가졌다. 특히 두 번째 경험했던 서비스-러닝에서는 학업중단 청소년과의 관계가 너무 잘 맺어졌고, 그 과정에서 뿌듯함을 많이 느꼈기 때문에 더욱 이 길로 나아가겠다고 다짐하게 되었다. 또한, 지난 수기공모전을 통해 상을 받으며 청소년 상담의 길로 나아가겠다는 자신과의 약속을 다시 한번 다짐했으며, 이후 대학원에 진학했다.

대학원에 진학해서는 학부 때 배웠던 전공지식에 더하여 심화된 과정을 배우게 되었다. 그 과정에서 단순히 암기하거나 이해하는 것이 아니라 지난 서비스-러닝을 통해 몸소 체험했던 일들을 다시 떠올리며 아동·청소년의 심리에 대해 조금 더 잘 이해할 수 있는 시간이 되었다. 결국, 청소년을 대상으로 한 논문을 쓰고 졸업하게 되었다. 모두 지난 시간 청소년에 대한 끊임없는 관심과 서비스-러닝을 통해 얻은 경험이 현재의 대학원 과정과 논문이라는 결과를 만들어냈다고 생각한다. 이제 막 졸업을 앞두었기 때문에 이 또한 시작이지만, 지난 시간의 과정들을 잊지 않고 사회에 나간다면 서울여자대학교를 빛내는 아동·청소년 심리전문가가 되리라 기대한다.

나눔의 **온도**
배움의 **품격**

Part 02
해외

시원했던 여름의 몽골과 따뜻했던 겨울의 베트남

서울여자대학교 Center for Teaching and Learning
서비스-러닝 & 글로벌 서비스-러닝 담당선생님 한진희

요즘 대학생들에게 해외봉사활동은 선택이기보다는 필수에 가까운 선택이 되어버렸고 실제로 본인의 버킷 리스트(bucket list)[8], 스펙을 위해 글로벌 서비스-러닝(Global Service-Learning)에 참여한 학생들도 있다. 면접을 보면서 우리와 목표가 다른 학생들도 글로벌 서비스-러닝에 선발하는 게 맞겠느냐는 고민과 자원봉사에 대한 열정, 의지, 자발성을 가진 학생들에게 기회를 주는 게 더 맞지 않으냐는 고민을 하면서, 가장 가능성이 큰 학생들을 신중하게 선발했다. 한국에선 폭염이 계속되는 여름에 우리는 몽골(Mongolia)에서 시원한 바람을 맞으며 글로벌 서비스-러닝 활동을 했고, 한파가 계속되어 주의가 필요했던 겨울엔 따뜻한 베트남(Vietnam)에서 우리들의 글로벌 서비스-러닝을

---

8 버킷 리스트(bucket list): 죽기 전에 해보고 싶은 일을 적은 목록.

나눔의 **온도**
배움의 **품격**

시작했다.

출국 날 비행기 연착을 시작으로, 몇 개월 전에 접수한 공문이 여전히 처리 중이라 활동이 취소되고, 현지 사정으로 새로운 대상자들을 위한 프로그램을 만들기도 하는 등 예측하지 못했던 상황이 이어졌다. 이것이 글로벌 서비스-러닝에서 배워야 할 도전과제라고 사전교육 때 안내하지만, 그래도 가장 크게 호소하는 어려움은 언제나 '자주 바뀌는 현지 상황'이다. 현지 상황이 바뀌었을 때 본인들의 계획이 틀어지는 것에 스트레스를 받는 학생이 있고, 그 안에서 할 수 있는 일을 찾으려고 하는 학생이 있고, 이래도 흥 저래도 흥 하는 학생 등 다양한 유형의 학생들이 있다. 이때 현지 상황이 왜 바뀌었는지를 생각하는 것도 중요하지만, 바뀐 상황에서 할 수 있는 일은 무엇인지?, 화가 난다면 어느 부분에서 이해가 안 됐는지?, 바뀐 상황에 대해서 현지인도 같은 반응을 하는지를 관찰해보라고 이야기를 해주곤 한다. 체계적인 한국 생활에 익숙한 학생들이 현지에서만 경험할 수 있는 당연한 불편들을 겪을 때 무엇을 느꼈으며, 무엇을 배웠는지를 스스로 생각하는 것이 자신을 다듬는 과정이기 때문이다.

한 예로, 원래 하려던 프로그램이 취소됐다가 30분 만에 예정대로 진행되기로 했을 때 크게 화를 낸 학생들이 있었다. 시간을 주고 기다렸더니 본인들의 짜증을 받아내는 나를 보고 느낀 점이 있는지 슬쩍 와서 사과하고 "선생님한테 화를 내려던 건 아닌데…." 라며 겸연쩍어했다. 한국에서 겪고 누렸던 모든 것들이 현지에서 적용되지 못할 때 당황한 감정을 화로 표현하는 학생들이 간혹 있다. 이 학생들은 글로벌 서비스-러닝을 통해서 본인의 감정을 구별하고 다루는 방법을 배웠을 것이다. 이처럼 처음에 기대한 변화는 아닐지라도 스스로를 알아가는 시간을 갖는 것만으로도 글로벌 서비스-러닝은 충분히 학생들을 성장시키는 데 도움이 된다.

또한, 아이러니하게 학생들은 본인들이 가졌던 불평불만으로 동기부여를 받고 각자의 전공지식을 활용해 현지에서 프로그램을 수정 및 보완하기도 한다. 교육심리학과 학생은 아이들의 반응에 집중하고, 영문과 학생은 언어소통과 교수법에 대해 생각하며, 식품영양학과 학생은 아이들의 체질 및 건강관리에 조금이라도 도움이 될 수 있는 활동을 찾아 기획한다. 그런 학생들을 보면서 가장 많이 하는 생각은 '만약 개인이었다면 한 부분이 채워졌겠지만, 모두와 함께하면서 같이 배우고 많이 채웠다.' 이다. 글로벌 서비스-러닝에서 가장 유익한 활동은 성찰 회의라고 생각한다. 이 활동은 인솔자인 나에게도 큰 여운을 주고, 반성하고 깨달을 기회를 주기 때문이다. 인솔자의 입장에서는 느

나눔의 **온도**
배움의 **품격**

낄 수 없었던 감정, 전공지식을 바탕으로 한 피드백, 프로그램을 진행하면서 느꼈던 고충과 개선점들은 ODA(Official Development Assistance)에 관심을 가지고 첫발을 내딛는 나의 사고확장에도 도움을 주었다. 글로벌 서비스-러닝을 통해 학생들이 성장하는 것만큼 인솔자로서, ODA를 공부하는 입장으로서 이론을 현장에서 적용하고, 관찰하며 같이 성장했기 때문이다.

해외봉사활동에서 만나는 대상자들은 도움이 필요하고, 보살핌을 받아야 하는 분들이 대부분이다. 그분들을 위한 활동을 마친 학생들의 일지에 빠지지 않고 적혀있는 글 중 하나가 "제가 사랑받고, 더 많이 배우고 왔어요."라는 구절이다. 언어가 통하지 않는 아이들과 같이 뛰놀고, 장애인들에게 눈을 맞추고, 색연필이나 색종이를 본 적이 없어서 모르는 아이들에게 본인들이 모금한 물품을 전달하고, 처음 보는 아이들이 무사히 초등학교를 졸업할 수 있도록 부모님들께 부탁하면서 누군가가 자신 때문에 행복해 하는 모습으로 마음이 자라는 경험을 하는 것 같다.

항상 글로벌 서비스-러닝이 끝나면 몽골, 베트남 어딘가에 두고 온 감정이 있는 느낌이다. 활동은 끝났지만, 끝나지 않은 기분이 남는데 학생들은 그 끝나지 않은 기분을 새로운 시작으로 연결한다. 누구는 머뭇거림 없이 마다가스카르(Madagascar)로 국제자원활동을 떠나서 본인의 글로벌 서비스-러닝 경험을 확장하고 있으며, 또 다른 누군가는 글로벌 서비스-러닝의 현장 경험을 본인의 대학원 진로 가이드라인으로 정했다. 함께 같은 시간을 공유하며 같은 활동을 했지만, 각자의 경험을 했고 추억을 만들었으며 자신만의 이야기를 완성하고 있다. 모든 학생이 얼마나 성장했는지 단언할 수는 없지만 각자 알게 모르게 성장했고, 각자의 속도로 글로벌 서비스-러닝 경험을 바탕으로 본인의 인생을 살아갈 테니 추억으로, 경험으로 마음속에 남은 글로벌 서비스-러닝 활동이 지워지지 않기를 바라본다.

나눔의 **온도**
배움의 **품격**

국제개발협력과 국제자원활동 그 가운데에서

㈜아시안 프렌즈(Asian Friends,
서울여자대학교 서비스-러닝 협력기관)
글로벌 서비스-러닝 나눔여행 담당간사 유지향

○ 나의 해외봉사활동, 나의 국제자원활동

대학 시절 학교와 자매결연 되어 있는 중국中國 연변延邊 소도 시로 첫 해외봉사활동을 떠났다. 일주일이 조금 넘는 기간이었 는데 그마저도 문화체험이 3일이나 예정되어 있어서 실질적은 봉사활동은 4일 남짓이었다. 학교에서 대부분의 비용을 지원해 주고 사후 활동을 위한 자기부담금 20만 원만 내면 되는 것이 었는데 20만 원 주고 일주일간 해외여행을 간다는 느낌이 더 강 했다. 해외여행 일정 중에 대략 반 정도 '좋은 일(봉사활동)'도 하 고 일석이조의 기회였다.

그렇게 나는 첫 '해외봉사활동'을 거창하지 않게, 우연히, 막연 하게 시작했다.

떠나기 전에는 여행을 가는 기분이었고, 일정을 보내고 돌아온 후에는 해외봉사활동을 다녀온 것 자체가 후회스럽진 않았지만 뭔가 아쉬웠다. 그 멀리까지 가서 나는 과연 무엇을 얻고 배운 것일까? 음식이 매우 기름지다는 것? 웃통 벗은 아저씨들이 많다는 것?

사실 나는 질문이 없었다. 궁금한 게 없었다. 질문이 없었기 때문에 찾아올 답이 없었다. 너무 순탄한 여정이었고 식사부터 잠자리까지 작은 어려움도 없이 편안한 여행이었다. 그래서 아이러니하게 인상 깊은 것이 없었다.

그 이후 5개월간 중장기 국제자원활동을 다녀왔다. 처음 중국으로 떠난 봉사활동이 '해외봉사활동'이었다면 두 번째로 떠난 이 봉사활동은 '국제자원활동'이었다.

'봉사활동'이라는 단어에는 '내가 무엇인가를 준다'는 느낌이 있지만 '자원활동'은 스스로 자원하여 하는 활동이라 봉사의 여러 특징 중 '자발성'이 보다 잘 전달되는 것 같다. 그래서 개인적으로 '해외봉사활동'이라는 말보다 '국제자원활동'이라는 용어를 선호한다.

나눔의 **온도**
배움의 **품격**

5개월의 현지 활동을 마치고 귀국했을 때에도 거창한 깨달음이나 가시적인 성취감은 없었다. 하지만 이 국제자원활동을 통해 어디로 갈지 전혀 갈피를 못 잡고 있던 내 인생의 나침판 화살표가 한쪽 방향으로 움직일 수 있게 되었다.

○ 국제개발협력과 국제자원활동 그 가운데에서

국제개발협력단체에서 일한다고 하면 '좋은 일'하는 곳 혹은 '봉사단체'라고 생각하는 사람들이 많다. 잘 모르는 분야니까 그럴 수 있다고 생각한다. 그리고 그런 이야기를 들을 때마다 내가 하는 일이 정말 '좋은' 일이 될 수 있도록 해야겠다는 책임감과 사명감을 느낀다.

베트남(Vietnam) 현장근무를 할 때 한국에서 현장으로 오는 봉사단 4번, 국내 근무를 하며 직접 인솔자가 되어 현장으로 봉사단을 인솔했던 적이 5번, 이외에도 현지 활동을 준비하며 보다 의미 있는 봉사활동이 될 수 있도록 기획했었다.

이러한 경험을 통해 내가 깨달은 점 중 하나는 배움은 '쌍방향'이라는 것이다.

숫자로 표현되는 '나이'는 정말 숫자에 불과하고 개개인의 깊이는 나이와 상관없이 다르다. 1학년 학생이 3학년 언니보다 의젓하고 깊은 고민을 하기도 하고, 인솔자인 내가 보지 못한 부분까지 학생들이 발견하고 고민한다는 것은 나에게 큰 자극제가 되었다.

한 예로 2017년 하계 서울여자대학교 글로벌 서비스-러닝 필리핀(Philippines) 팀과 함께했을 때, 필리핀 현지 대학교 학생들은 한국의 '여자대학교'에 관심을 보이며 여러 가지 질문을 했다. 서울여대 참가 학생 중 한 명은 자신은 여대 진학을 스스로 선택했으며, 대한민국 여성들의 인권 증진을 위한 전초기지로써 여대가 의미 있는 역할을 할 수 있다고 대답했다. 또한, 그런 역할을 할 수 있도록 재학생인 자신은 책임감을 갖고 교내외 다양한 캠페인에 참여하며 꾸준히 실천 중이라고 말했다. 똑똑한 학생의 대답에 추가적인 질문이 몇 번 더 오가고 필리핀 대학생이 "Amazing!"이라고 말하며 대화가 마무리되었다. 본인이 다니는 여학교에 대한 근본적인 고민을 해보지 않았다면 이렇게 대답할 수 없었을 것이다. 똑 부러지게 대답하는 그 학생을 보며 과연 나는 내가 하는 일, 내가 일하는 분야와 단체의 존재 이유와 역할에 대해 근본적인 고민을 해본 적이 있었던가? 자문했고 그러지 못했음에 부끄러웠다.

나눔의 **온도**
배움의 **품격**

나는 국제개발협력 단체에서 일하며 국제자원활동을 떠나는 청년들의 활기찬 에너지에 힘을 얻었고, 그 가운데에서 조금 더 경험한 사람으로서 도움이 되고 싶었다. 처음 다녀온 해외봉사 활동에서 큰 의미를 찾지 못했던 내 경험을 밑거름으로 삼아 나와 함께 가는 학생들에게는 2주간의 짧은 시간 동안, 보다 많은 의미를 찾게 해주고 싶었다. 2주라는 기간은 어떤 깨달음을 얻기에는 길지 않은 시간이다. 하지만 많은 것을 바라지 않고 제대로 하나만이라도 깨달을 수 있다면 그것으로 만족이다. 그렇게 하기 위해서는 매일 하루를 되돌아보는 성찰 시간을 갖고 나만의 기록, 일기를 쓰는 것이 중요하다고 생각한다. 나열식 사실(fact)이 아닌, 내가 처했던 상황에서 나는 무엇을 느꼈으며, 무엇을 배웠는지를 적는 것이다.

　인솔자로서 나도 매일 성찰 일기를 썼다. 오늘 하루 동안 학생들이 보고 느끼고 배운 점을 나누면서 나도 같이 공감하기도 하고 나와 다른 생각이 있으면 내 의견을 표현했다. 여기서 늘 주의했던 것은 내가 인솔자 입장이기 때문에 인솔 선생님의 의견이 정답처럼 들리지 않도록 하는 것이었다.

○ 내가 생각하는 국제자원활동과 지속가능한 활동을 위해서는

지금은 해외봉사활동 홍수 속에 살고 있다고 해도 과하지 않다. 관심만 있다면 어렵지 않게 해외봉사활동 참가자를 모집하는 공고를 찾아볼 수 있다. 많은 대학생이 다양한 해외봉사활동 중에 나에게 적합하고 내가 하고 싶은 활동을 할 수 있는지 등 여러 요건을 따져보고 해외봉사활동을 결정한다. 자부담이 없는 해외봉사활동을 갈 수 있다면 좋겠지만, 일부 자부담이 필요한 해외봉사활동이라도 잘 설계된 프로그램인지 따져보고, 여유가 되고 기회가 된다면 한 번쯤 경험해보면 좋다.

내가 기획하고 경험해온 국제자원활동은 크게 3가지 목적을 갖고 있었다.

첫째, 국제개발협력에 대한 기본 이해와 글로벌 이슈(빈곤과 환경)에 대한 학습과 체험
둘째, 글로벌 리더십 훈련과 다양한 문화 체험
셋째, 지속가능한 지구촌(Sustainable globe)을 위한 해외봉사 실시

일부 사람들은 봉사만 해도 짧은 2주 동안 문화체험 일정까지 잡혀있다는 것을 부정적으로 생각하기도 한다. 하지만 나

나눔의 **온도**
배움의 **품격**

는 그렇게 생각하지 않는다. WHAT보다 HOW가 중요하다. 문화체험을 단순히 '관광'으로 끝낼 수도 있지만, 그 나라의 문화와 일상을 더 잘 이해하는 계기로 삼을 수도 있다고 생각한다.

서울여자대학교 글로벌 서비스-러닝(Global Service-Learning) 프로그램 협력기관 실무자로서 진정한 국제자원활동이란 무엇이며 어떻게 하면 학생들이 제대로 된 국제자원활동을 경험할 수 있을지 고민했다. 감사하게도 서울여대 여러 선생님과 고민을 함께 나누고 서로 조언을 주고받으며 '나만의 고민'이 아닌 '우리의 고민'으로 조금씩 그리고 꾸준히 다듬어나갈 수 있었다. 내가 생각하는 진정한 국제자원활동은 학습(learning)과 봉사(service), 다양한 경험(experience) 그리고 다녀온 이후의 지속적인 실천(practice)이다. 내가 경험한 국제자원활동이 진정한 유종의 미를 거둘 수 있도록 다양한 상황을 접하고 의견을 나누고 자문自問하고 나만의 답을 찾아가는 것이 필요하다. 그 모든 과정의 기본 바탕이 되는 것이 성찰의 '기록'이다.

국제자원활동을 계획하고 있거나 꿈꾸는 사람이 있다면 '국제자원自願활동' 단어의 뜻에 대해 곰곰이 생각해보았으면 좋겠다. 정말 내가 하려는 일이 스스로 하고자 하는 일이 맞는지,

스스로 결정했다면 그에 맞는 책임감도 함께 배울 수 있는 귀한 경험이 되길 바라고 응원하고 싶다.

나눔의 **온도**
배움의 **품격**

기독교학과_12학번_김설주

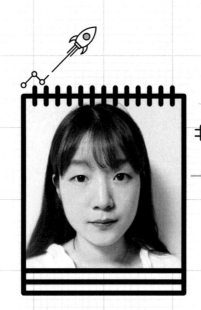

꿈이 되는 길,
꿈을 걷는 길

○ 인도 찬드라 반을 사랑한 길에서 꿈을 꾸다

2013년 10월,

글로벌 서비스-러닝(Global Service-Learning) 면접을 보러 갔던 나의 모습이 아직도 생생히 기억난다. 나는 가고 싶은 1, 2, 3지망 중 1지망에 인도(India)를 쓰고 나머지는 쓰지 않았다. 그만큼 인도에 가고 싶었고, 꿈에 그리던 나라를 학교를 통해 가게 되는 내 모습을 기대했다. 면접에서 왜 인도를 가야 하는지를 마음껏 이야기했던 그 날이 나의 시작이었다.

2014년 1월 4일~

글로벌 서비스-러닝으로 만난 서울여자대학교 여학생 14명과 함께 한 인도의 첫 시작은 정말 인도다웠다. 여행 첫날 자기 몸만한 배낭을 메고 낑낑대며 델리(Delhi)의 첫 숙소에서 따뜻한 물에 대한 그리움을 느끼며 침낭 안에 들어가서 고단한 잠을 잤던 기억이 난다. 그래도 모든 것이 너무 행복하고 설레고 기대됐다. 델리에서 잔시(Jhansi)는 10시간 정도 걸린다. 새벽 아침 기차를 타야 하는데, 인도에서 연착은 기본이다. 3시간 정도 기다리니 우리 기차가 왔고 기차에서 어렵게 잠들었다. 그래도 그냥 좋았다. 마구 좋았다.

나눔의 **온도**
배움의 **품격**

잔시에 도착해서 릭샤(Rickshaw)[9]를 타고 1시간 정도 가면 오르차(Orchha)라는 도시가 나온다. 우리는 그중에서 템플뷰 게스트 하우스에 머물렀다. 3인 하루 숙박비가 4,000원밖에 하지 않는 방이지만, 나에겐 그 어떤 숙소보다 즐겁고 마음이 따뜻해지는 숙소였다.

다음 날 우리는 드디어 찬드라 반(Chandra Ban)에 가게 되었다. 찬드라 반 마을은 카스트(caste)[10] 제도에 속하지 못하는 불가촉 가정이고, 그곳 사람들은 하루 최빈곤 기준인 1.25달러도 안 되는 돈으로 어렵게 생활하고 있다. 그러나 그곳의 아이들은 세상에서 제일 맑은 호수 같은 눈동자로 내가 어떤 모습으로 있든 그냥 나를 사랑한다는 눈빛을 보냈다. 잠깐이라도 나와 손을 잡고 싶어 하고, 얼굴을 부비고, 내가 움직이는 어디든 다리에 매달렸다. 그 모습이 꽤나 충격적이었다. 내가 그전에 느껴본 적 없는 사랑이었기 때문이다. 그냥 내 존재 자체로 사랑받는다는 느낌. 이 아이들은 내가 어떤 모습, 모양이라도 나를 사랑해주고 있었다.

---

9 릭샤(Rickshaw): 동남아시아에서 주로 인력을 이용하는 교통수단.
10 카스트(caste): 인도 사회 특유의 신분제도.

우리 글로벌 서비스-러닝팀이 찬드라 반에 대해 인터뷰를 하는 시간이었다. 아이들에게 "꿈이 무엇인가요?"라고 물었다. 하지만 아이들은 '꿈'이라는 단어를 힌디어(인도어)인 '사파나'라고 읽을 줄은 알지만, 무슨 의미가 있는 단어인지 전혀 알지 못했다. 나는 그렇게 '꿈…꿈…꿈….'이라는 말을 계속해서 되새기며 한국으로 돌아왔다.

2014년 2월,

한국으로 돌아와서 나는 계속해서 꿈에 대해 되물었다. 나는 '꿈을 꾸고 있는 사람인가?', '대한민국은 꿈을 꾸는 청년이 있는 나라인가?', '찬드라 반의 아이들은 왜 꿈이라는 단어의 의미에 대해서 모르는 것일까?' 몇 번을 고민하고 고민한 끝에 기독교학과 동기들과 내 이야기를 나눴고, 결국 작은 소학회小學會를 만들기로 결정했다. 그 당시 소학회 결성 필요 인원은 여섯 명이었기에 인도에 함께 다녀온 친구를 부학회장으로 하고 나머지 친구들에게 급하게 부탁해서 소학회를 결성했다. 학회의 이름은 '예그리나', '서로 사랑하는 우리 사이'라는 뜻이다. 우리가 꿈을 꾸는 것은 서로 사랑하는 것에서부터 시작할 수 있음을 알려주는 것 같았다.

나눔의 **온도**
배움의 **품격**

학교 홈페이지 공지에서 대학생 유네스코(UNESCO) 볼런티어 2기에 관한 공지를 보게 되었다. 봉사 계획을 가지고 있는 전국 대학생 중 우수한 팀을 뽑아 100만 원을 지급해주는 프로젝트였다. 우리 팀은 이 공지를 보자마자 지원해야겠다고 생각하여 지원했고 인도 찬드라 반에 다녀온 사례와 앞으로 그 아이들을 위해 어떻게 후원할지에 대해 고민했다. 마침 아이들의 여러 모습을 생각하던 중 쌀 포대를 매고 다녔던 것이 기억났다. 그래서 한국에서 찬드라 반의 아이들을 위한 가방을 만들어주는 스토리 펀딩과 후원금을 모금하고 인도로 다시 떠나 인도 교육 프로그램을 구상 및 제작하는 것까지 계획해서 기획안을 제출했다. 그리고 우리는 수많은 대학생 중에서 유네스코 볼런티어 2기로 뽑히게 되었다.

유네스코 볼런티어 활동을 통해 세상의 어려움에 기여하는 대학생들이 이렇게 많다는 것을 알게 되었다. 그러나 우리는 남들과 비교하지 않고 우리의 길을 묵묵히 걸었다. 찬드라 반 아이들이 꿈을 꾸게 될 그 길을 걸으며, 대화하며, 함께했던 시간이 우리를 얼마나 빛나게 만들어 주었을까. 아이들이 쌀 포대

가방에서 벗어나길 바라며 꿈의 의미들을 지닌 에코백을 만들었다. 총 240만 원의 후원금을 모았다.

우리의 생명을 살리는 일을 높게 평가한 유네스코는 27개의 팀 중에서 우리에게 우수상을 수여했다. 다시 생각해도 정말 영광이고 행복한 순간이다.

2014년 12월 17일~ 30일,

우리 여섯 명은 한 학기 동안 모은 아르바이트 비용을 동원해 자비를 털어 인도로 떠났다. 1년 동안 도와줄 찬드라 반 아이들을 만나러 가는 길이었다. 우리는 누구보다 행복한 연말을 인도에서 보냈다. 꿈을 주고, 꿈을 그리고, 오자고 약속한 인도 찬드라 반 마을에서 단 한 명의 인솔자 없이 용감한 서울여자대학교 기독교학과 여대생 여섯 명이 함께했던 시간들이었다. 아이들은 어느새 많이 컸고 여전히 깊은 눈망울을 가지고 있었다. 아이들에게 꿈의 에코백을 나눠주고, 영양 간식, 차가운 학교바닥에 카펫 깔아주기, 교육활동 등등 많은 프로젝트를 진행했다. 처음이라 무모하고도 사고도 잦았다. 그래서 우리는 예그리나가 아니라 사고리나 라고 이름을 바꿔야 하지 않냐면서 말했던 시간도 기억에 남는다. 1기 사고리나, 무모하고 위험했지만

나눔의 **온도**
배움의 **품격**

그만큼 행복했던 기억들이 더 많은 시간이었고, 처음이라 더 간직하고 싶은 행복한 시간이었다.

2015년 3월,

나는 4학년이 되었고 예그리나에서 함께했던 친구들은 각자의 사정으로 소학회를 그만하기로 결정했다. 그러나 나는 찬드라 반 아이들의 꿈과 내가 품은 소망을 포기할 수 없었다. 그래서 이곳저곳에 친구들에게 부탁하여 새로운 친구들을 맞이하였고 너무 기쁘게도 소학회 홍보를 통해 신입생 1학년 친구들 세 명이 함께 했다. 그렇게 2기 예그리나가 만들어졌다.

2015년 4월~11월,

우리는 작년에 했던 유네스코 대학생 볼런티어에 다시 지원하였다. 재지원이라서 뽑히지 않을까 봐 정말 걱정을 많이 했다. 그러나 작년의 좋은 본보기로써 우리를 뽑아주고 싶다고 말해주셨고, 결국 우리는 뽑히게 되었다. 이번에는 아이들이 마음껏 공부하길 바라는 마음에 꿈의 노트를 제작하였다. 2,000권이 넘는 노트를 제작하여 1,500권 정도 판매했고 총 280만 원의 후원금을 모았다. 이번에도 우리는 모든 예상을 뛰어넘고 우수상을 받았다. 그리고 그 외에 사제동행 프로그램에 나가게 되

어 장려상도 받았다(더 높은 상을 받기로 되어 있었는데 인도로 가는 날

짜와 겹치게 되어 상이 밀려서 너무 아쉬웠다).

유네스코 볼런티어 수상자 단체 사진

2015년 12월 22일~2016년 1월 12일,

예그리나 중 세 명, 나의 동기들과 함께 인도로 떠났다. 각자

의 사정을 극복하고 오직 인도를 위해 준비한 친구들이었다. 내

가 찬드라 반 아이들을 다시 만나러 갈지 누가 알았을까? 3주

라는 시간은 나에게 지금도 그저 3초 같은 시간으로 남아있다.

세 번째 만난 아이들이 그동안 너무 많이 커서 놀랐지만, 그 순

수한 미소는 여전히 나의 가슴을 몇 번이나 쿵쿵 울렸는지 모

나눔의 **온도**
배움의 **품격**

른다. 여태 내가 경험한 그 어떤 사람들보다 가장 순수하고 아름다운 아이들, 가난이 가난인 줄 모르며 사는 아이들, 내가 가지고 있는 모든 것들을 부끄럽게 만들었던 아이들. 어린아이만이 누릴 수 있는 순수한 마음들을 찬드라 반에서 아이들과 함께 마음껏 누릴 수 있음에 얼마나 감사했는지 모른다. 매 순간이 자유 그 자체였던 예그리나 2기, 자유리나.

2016년 3월,

나는 졸업 후 진로에 대해 고민하게 된다. '어떻게 하면 찬드라 반 아이들을 지속적으로 도울 수 있을까?', '아이들이 스스로 자립할 수 있는 환경을 제공하는 방법은 없을까?' 등. 내가 졸업하고 나면 사라질 줄 알았던 예그리나는 함께했던 후배들을 통해 더 귀하게 커가고 있었다. 한 번도 보지도 않은 인도 아이들을 위해 함께 힘쓰자며 친구와 후배들에게 홍보해서 새롭게 총 14명의 학생이 예그리나 3기를 꾸려갔다. 정말 기적 같은 일이었다. 나는 이 친구들과 나의 2016년을 예그리나 안에서 지속적으로 함께 꾸려가기로 결정했다.

이번에도 역시 유네스코 대학생 볼런티어에 선정되었다. 예그리나 3기의 물품은 에코백과 보틀로 선정했다. 이번에는 내 의견보다는 친구들의 의견을 적극적으로 활용해 물품을 선정하고 디자인했다. 예그리나 후배들이 얼굴도 모르는 아이들을 위해 이렇게 열심히 활동하는 모습이 너무 인상적이었다. 네이버 해피빈 개설, 플리마켓, 사제동행 독서토론 등등, 우리 때보다 더 적극적으로 많은 인원이 열심히 일을 진행했다. 그 덕에 240만 원의 후원금이 생기게 되었다. 덕분에 또 우수상을 수상했다. 대신 이번이 우리의 마지막 유네스코 대학생 볼런티어 활동이었다(상을 너무 많이 타는 바람에 아쉽게도 다음번엔 나오지 말아 달라고 부탁하셨다).

2016년 12월 28일~2017년 1월 12일

얼마나 많은 시간 동안 무질서한 차선과 빵빵거리던 릭샤들을 그리워했던가. 아슬아슬한 기분으로 잔시에서 오르차 가는 길을 넘었다. 수많은 울퉁불퉁한 돌길과 많은 풍경을 지나치며 덜컹거리는 릭샤에 몸을 맡겼다. 온몸으로 그 순간들을 15분 정도 느끼면서 들어가면 나오는 마을. 누군가는 힘들지 않냐고 묻지만, 나에게 가장 설렘이 되고 즐거운 길. 이곳이 도저히 흙

먼지투성이라 느껴지지 않을 만큼의 자유로운 모습. 눈 감으면 사라져 버릴 것만 같은 기분으로 그렇게 찬드라 반을 향해 갔다. 네 번째 찬드라 반, 나는 이곳에서 "지금 여기가 꿈같아."라는 말을 반복하며 그 꿈에서 한참 동안 헤어 나오지 못했다. 꿈 같은 이곳을 네 번이나 올 것에 대한 확신 그리고 그다음에도 올 것에 대한 확신은 내가 정한 것이 아니다. 그저 이끌려 가라는 대로 갔고, 사랑하라는 대로 사랑했을 뿐. "어떻게 계속 가는 걸 계획해?", "앞으로 못 가게 될 것이 걱정되지 않아?"라는 주변 사람들의 말에 나는 그저 나의 계획은 애초에 존재하지 않았고, 가고 못 가고는 내가 정하는 것이 아니라고, 나는 그저 매년 가게 되는 길에 주어진 삶을 순종하며 사는 것 그 이상 이하도 아니라고 말하고 싶다. 모든 것이 내 힘이 아닌 나의 꿈 찬드라 반. 그곳의 아이들을 정의한다면 세상에 없을 천사들이다. 작은 고사리 같은 손이 내 손을 잡고 힘있게 놓지 않았고, 호수 같은 맑고 깊은 눈망울은 늘 내 얼굴을 향해 빤히 머물러 있었고, 작은 입을 먼저 내밀며 애정을 갈구하고, 까슬한 얼굴에 내 볼을 비비면 너무나도 차가운 체온이 느껴지고, 헝클어진 머리에 작은 이가 지나다녀 머리를 긁고 있고, 거친 발은 언제나 내 마음을 뭉클하게 만들었다. 나를 "쮸혜~." 라고 부르며 내 이름을 기억하는 아이들의 모습까지도 너무나 사랑스러웠다. 아이들은 그냥 형태만 갖춘 집이라고 생각할 정도로 그저 모형 같은 집에서 작은 전구의 불빛에 의지해 하루를 감당하며 살고 있었다. 거친 야생의 모습 그대로 하루하루를 살아가야 하는 아이들에게 무엇이든 해주고 싶었다.

올해 그곳에 가서 알게 된 것은 여러 가지였다. 아이들이 자신이 태어난 날짜를 모른다는 것, 즉 생일을 모른다는 것과 나이를 모른다는 것, 써니의 팔이 골수염을 앓고 있다는 것 그리고 그것은 골수염이라는 아픈 이름이 아닌 블랙 매직(black magic, 저주)라는 무시무시한 이름으로 사람들이 언급한다는 것과 그래서 망토로 자신의 팔을 가리고 다니는 써니의 모습, 로슨리와 라즈니 두 자매의 꿈은 공부하는 것, 폭력적인 선생님과 무질서한 학교를 벗어나 그저 제대로 된 교육을 받고 싶어 할 뿐이라는 것, 베제를 비롯한 청소년들은 돈이 없어 더는 학교에 다니지 못해 미래에 대해 더딘 발걸음으로 걷고 있는 모습, 엄마들은 성에 관한 교육이 전혀 되어있지 않았다는 사실 등등이었다. 여기에 더해 그들의 소박한 꿈들과 아픈 몸을 방치해야 한다는 사실, 지켜지지 않는 인권들, 알아야 할 것을 모르고 사는 마을이라는 사실도 있었다. 내가 처음에 이 마을을 지속해서 돕기로 마음먹었던 것은 아이들이 '꿈'이라는 단어를 읽기만 할

나눔의 **온도**
배움의 **품격**

줄 알고 의미에 대해서 모른다는 점에서 시작했는데, 매번 이렇게 원점으로 돌아와 탄식할 뿐이었다. 나는 이 사람들이 꿈을 꾸게 해주고 싶다. 꿈이라는 의미에 대해 알려주고 싶다. 영원히 꿈결 안에 살게 해주고 싶다. 그것이 이 마을을 위한 우리의 선물이라고 생각한다. 이 꿈같은 마을을 가기 위해 우리가 반드시 머물러야 할 장소는 오르차 템플뷰 게스트 하우스였다. 올해도 여전히 추워서 냉기가 도는, 3인 하루 숙박비가 4,000원밖에 하지 않는 방. 아침마다 우리에게 건네주는 따뜻한 짜이, 그곳의 모든 모습이 자유를 지향하는 나라라는 것을 보여주는 나라였다. 옥상에서 눈을 감으면 감미로운 노래와 얼굴을 스치는 미적지근한 흙냄새에 풍기는 바람의 냄새를 맡을 수 있어서, 눈을 뜨면 저녁노을에 밝은 하얀 달을 볼 수 있어서 좋았다. 냄새를 보고 하얀 달을 맡는 게 더 어울리는 곳 찬드라 반. 모순을 사랑하는 우리들만의 아지트 찬드라 반.

올해는 딘데이알이 아닌 맘따(게스트 하우스 사장 아저씨의 부인)가 찬드라 반에 함께 갔다. 그녀가 여성으로서 밖에서 일할 수 있는 권리가 주어졌다는 것만으로도 우리는 너무 기뻤다. 맘따는 인도에서 내가 제일 사랑하는 여성 중 하나이기에 그녀의 자유를 나의 자유처럼 생각할 수밖에 없다. 맘따는 4년 전 내 생일에 자신의 사리를 나에게 입혀주며 특별한 내 생일을 만들어 줬고, 올해도 마찬가지였다. 나를 언제나 특별한 대상으로 만들어주는 맘따 언니. 그녀는 너무 깊고 슬픈 송아지 같은 눈망울을 지녔다. 우리가 오면 언제나 떠나지 말아 달라고 말하는, 그 더듬거리던 눈망울. 올해도 그 눈망울로 가지 말라고 우리에게 몇 번이나 말했다. 그만큼 나도 그녀 그리고 템플뷰 식구들과의 이별은 쉽지 않았다. 그뿐만 아니라 우리를 가족이라고 생각해주는 그들 모두의 사랑은 형언할 수 없다. 기차가 6시간 연착되는 걸 한정 없이 기다려주는 딘 아빠와 돌아갈 때 기차역을 함께 가서 뉴델리를 가는 열차까지 기다려줬던 아누즈와 무끄. 귀여운 얼굴과 치명적인 목소리로 생일 아침에 나에게 꽃을 건네주었던 세종이, 우리가 선물해준 목걸이를 늘 매고 다니는 비노드까지. 숨만 쉬어도 기분 좋을 곳에서 나는 마음이 참 아팠다.

이번 인도에서의 기간은 평생 잘 아프지 않던 내가 다양한 질병과 몸의 아픔 때문에 끙끙 앓았던 기간이었다. 심할 때는 내 몸이 죽음과 삶의 고비를 넘나드는 듯했고, 그때마다 늘 차가운 시멘트 바닥에서 잠을 자느라 콧물과 잔열들을 달고 사는 찬드라 반 아이들이 생각나 쉴새 없이 마음의 고통을 느꼈다. 그래서 내가 너무나도 사랑하는 찬드라 반 아이들과의 이별의

나눔의 **온도**
배움의 **품격**

시간엔 무엇을 하기보다는 그냥 그들을 더 느끼고 싶었다. 나의 감각을 더 곤두세워서 모든 것들을 토해내고 싶었다. 그러나 그런 과정이 어색하기만 한 나는 역시나 머뭇거렸다. 나는 시각적인 모든 과정에서 내 감정을 숨겼다. 그런데 릭샤를 타고 완전한 이별을 향해 달려가는 길에 그동안 품어왔던 슬픔들이 물밀 듯이 밀려왔다. 우는 게 너무 서툰 내가 투박한 내 모습 그대로 울어버렸다. 그저 아쉽고 행복하게만 끝날 것 같은 이별이었는데, 잘 다듬어지지 않은 소리와 함께 울음을 토해냈다. 엉엉 울면서 내 눈물을 올해도 닦아주던 아이들과 마을의 어머니, 할머니들까지도. 정말 그 장면을 평생 잊지 못할 것이다. 이곳에서 그들과 함께 한 매 순간은 꿈길을 거닐 듯, 모든 나의 행복을 수놓았으니 이 모든 것이 기적이다. 그래서 우리 3기 예그리나의 또 다른 이름은 기적리나이다. 꽉꽉 눌러 담은 작고 어설픈 나의 사랑을 전하러 가는 이곳은 나의 꿈의 세계이다. 아이들과 함께라면 마법처럼 꿈을 꿀 수 있는 세계가 생긴다. 그 세계는 당장 해답을 찾을 수도, 얻을 수도 없고 분명한 길이 주어지지도 않는다. 그렇지만 나에게는 하나하나 걸어가는 길 그 자체가 해답인 세계이다. 이 세계에서 걷는 길을 사랑하며 아이들과 더 사랑하는 것. 우리가 해야 할 일은 이 비릿한 상황을 해결하는 일이 먼저가 아니다. 따뜻한 사랑의 눈빛과 수용 그리고 먼저 내밀어 줄 손, 온 감각으로 함께 이 문제와 상황들을 사랑하며 젖어 들어야 한다. 광활하지만 소박한 이 땅에서 아이들의 존재는 나의 희망이고 미래이자 소망이며 꿈이다.

2017년 3월,

그렇게 찬드라 반을 다녀와 진로 고민을 하던 나는 결국 홍익대학교 국제디자인 대학원에 진학하여 예그리나를 지속하기로 결정하고, 그곳에 지원해서 합격하게 된다. 나의 자기소개서, 포트폴리오는 모두 인도 찬드라 반 아이들에 관한 이야기로 이루어졌다.

2017년 4월 ~11월,

이번 해에는 더이상 유네스코 대학생 볼런티어 프로젝트에 참여하지 못하게 된다. 그래서 후원금을 어떻게 모을지 고민했다. 그러던 중에 태화 기독교사회복지관을 방문하게 되고 복지관에서 우리의 소망을 높이 사서 53만 원의 후원을 해준다. 그리고 또 대학 교회에서도 100만 원의 후원을 해주게 된다. 정말 기적 같은 일이었다. 그 돈으로 한 번 더 텀블벅 후원을 진행했다. 후원회를 연 지 5일 만에 목표 금액 150만 원 달성에 성공하고, 오프라인 판매까지 총 240만 원의 후원금이 모이게 되었다.

나눔의 **온도**
배움의 **품격**

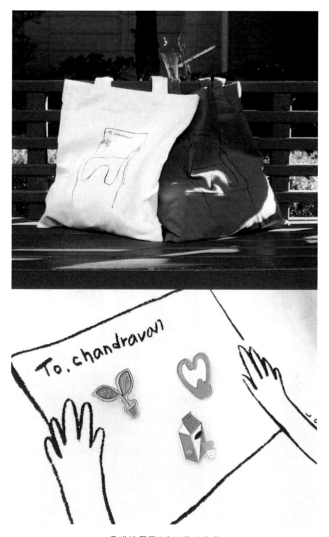

올해의 물품 '에코백', '배지'

꿈의 노트

꿈의 의미를 지닌 보틀

그리고 조선일보 '더 나은 미래' 후원 모금 우수사례 인터뷰
에 예그리나의 인터뷰가 실리게 되었다. 예그리나와 (새)아시안프

나눔의 **온도**
배움의 **품격**

렌즈가 협력해 열었던 해피빈 '나도 배우고 싶어요'가 우수 후원 모금 사례로 선정되어서 네이버 메인에 올라가게 된다.

2017년 12월,

올해는 12월에 나를 제외한 8명의 새로운 예그리나 후배들이 인도에 가게 된다. 그동안 적게는 3명, 많게는 6명이었는데, 이제는 8명씩이나 가게 된다. 후배들을 보면 너무나 고마운 마음이 크다. 한 번도 다녀오지 않은 인도를 그저 예그리나에서 꿈을 키워서 준비하고 그곳에 가기 전에 아르바이트를 3개씩 뛰면서 가는 비용을 모으는 것이 너무 대단하고 놀라웠다. 내가 매년 가던 인도를 가지 못하게 되는 이유는 1월 중순에 교환학생으로 스웨덴에 가기 때문이다. 내가 스웨덴으로 가게 된 과정 또한 다 예그리나 활동 덕분이다. 전 세계에 하나밖에 없는 Child Culture Design 석사과정을 한국인 최초로 가게 되었다. 이 과정은 나를 위해 존재하는 공부임이 분명하고 아동 복지가 가장 뛰어난 나라에서 수많은 것을 배울 걸 생각하니 벌써 가슴이 설렌다. 나는 전 세계 불우한 아이들을 위해 언제나 다방면으로 도움이 되는 디자이너가 되고 싶다. 아이들에게 꿈을 주기 위해 인도에 갔지만, 내가 이제 꿈을 꾸고 있고 꿈을 펼치고 있다. 글로벌 서비스-러닝으로 처음 갔던 인도가 나에게는 꿈이 되는 길이고 꿈을 걷는 길이었음이 분명하다. 모든 서울여자대학교 친구들이 서비스-러닝(Service-Learning) 활동을 통해 꿈을 찾아가는 과정을 겪어 각자의 자리에서 멋진 꿈들을 꾸길 바란다.

찬드라 반 아이들과 함께

나눔의 **온도**
배움의 **품격**

언제든지 내 손을 잡고 싶어하는 아이들

우리를 향해 늘 어여쁜 미소를 지어주던 아이들

정보	○예그리나 페이스북 페이지 (모든 예그리나의 정보를 볼 수 있습니다.) https://www.facebook.com/indiayegrina/ ○카카오 플러스 페이지 검색 - 서울여대예그리나

글	○이찬영 작가 - 『문득 흔들리고 부서질 때』(찬영편) ○배재윤 작가 - 그때 그 아이는 http://m.post.naver.com/viewer/postView.nhn?volumeNo=10505105 &memberNo=4381379 ○서울여자대학교 공식 블로그 - https://goo.gl/W87wcD

기사	○조선일보 '더 나은 미래' 예그리나 기사 http://blog.naver.com/nv_withn/221157424319 ○유네스코 대학생 볼런티어 프로젝트 시상식 기사 http://m.news.naver.com/read.nhn?mode=LSD&mid=sec&sid1=102& oid=003&aid=0006884786

나눔의 **온도**
배움의 **품격**

기독교학과_12학번_남지인

가다 보니 그곳, 인도

히말라야산맥(Himalayas)에서 시작되는 갠지스강(Ganges R.)은 인도(India) 사람들에게 어머니와 같은 존재로 여겨진다. 이 강이 강줄기를 따라 사는 사람들의 삶을 영위할 수 있게 해 주기 때문이다. 갠지스강에 대한 흥미로운 사실이 하나 더 있는데, 몇몇 인도사람은 갠지스강이 가고 싶을 때 언제든 갈 수 있는 곳이 아니라고 말한다. 그들은 강의 부름이 있었기 때문에 그 강에 갈 수 있는 것이지 우리의 의지가 그곳으로 우리를 이끈 것이 아니라고 생각한다. 강을 마주한 인도 사람들은 그 앞에서 손을 모으거나 눈을 감고 정결한 인사를 올린다. 강 앞에 낮은 자세로 쪼그려 앉아 등과 머리에 물을 뿌리는 작은 목욕을 통해 강의 기운을 받기도 하고 강의 세계에 몸을 온전히 담갔다 빼면서 모든 감각을 정화하기도 한다. 강의 기운과 감각의 정화가 정말인지는 모르겠지만, 강물에 젖은 이들은 정말 평화롭게 보인다. 갠지스강에 대한 인도사람들의 생각은 참 재미있구나 싶었다. 그런데 더 재미있는 것은 나의 인도 방문이 그 생각의 실현이라는 것이다. 지금까지 인도를 네 번이나 다녀왔지만, 나의 노력과 의지만으로 인도에 갔던 적은 없었다. 나의 통제를 벗어난 여러 사건이 나를 인도로 인도했다. 다르게 말하면 인도가 나를 계속 불러들였다.

나눔의 **온도**
배움의 **품격**

○ 첫 번째 눈 맞춤

학부 2학년 때, '제3세계와국제개발협력'이라는 과목을 수강했다. 이 수업은 서비스-러닝(Service-Learning) 연계과목이었는데 국제 NGO (사)아시안프렌즈(이하 아프)에서 활동을 할 수 있게 하는 프로그램이 구성되어 있었다. 당시 나는 아프리카 대륙에서 진행되는 국제개발협력사업과 NGO 활동에 관심이 많았다. 그러던 와중에 수업 중에 교수님께서 "한국인이 한국과 물리적으로 근접해 있는 아시아 국가들을 도와주는 것이 더 효과적이고 효율적일 수 있다."고 말씀하셨다. 일리가 있었다. 게다가 아시아 국가들을 도와주는 NGO에서 일해 보는 것도 좋은 경험이 될 것 같았다. 그래서 서비스-러닝에 지원했고 아프에서 진행 중인 사업에 참여할 기회를 가질 수 있었다. 아프에서는 인도, 몽골(Mongolia), 베트남(Vietnam) 등의 국가를 지원하고 있었는데, 나는 인도에서 수행할 영양간식, 가정지원, 아동교육 사업을 기획하고 점검하는 일에 재미를 느꼈다. 사실 나의 관심을 끈 것은 특정 사업이 아니라 인도라는 국가 자체였던 것 같다. 아니, 어쩌면 자료 정리를 하면서 보게 된 사진 속 아이들이 나를 매료시킨 것인지도 모른다. 기껏해야 7살 정도 됐을 법한 아이가 저보다 조그마한 아기를 안고 있는 모습이 참 귀여웠다. 사진 속 아이들은 맨발이었고 참 크고 동그란 눈으로 카메

라를 응시하고 있었다. 한 학기 동안 아이들에게 필요한 교육이 무엇일지, 어떤 물건이 필요할지, 어떻게 하면 영양균형을 맞출 수 있을지 고민했다. 아이들에게 직접 신발을 신겨주고 안아주는 상상도 종종 했다. 사진 속 아이들이었지만 한 학기를 옆에서 함께한 듯했다. 이대로 이별하기에는 너무 아쉬웠다. 내가 기획한 교육 프로그램에 참여하고 필요한 물품과 영양간식을 제공받을 아이들의 모습이 궁금했다. 그리고 준비는 내가 하고 실행은 다른 사람이 하게 된다는 것이 아깝다는 생각이 들었다. 그래서 다짐했다. 내가 준비한 프로그램을 내가 직접 실행해 보자고.

○ 대박사건

나의 다짐은 막연하게 인도에 가고 싶다는 염원이 되었다. 인도에 사는 눈이 크고 동그란 아이들을 만나고 싶었다. 언제나 마음속에 인도를 품고 기회를 기다렸다. 글로벌 서비스-러닝(Global Service-Learning) 모집 공고를 보았다. '좋았어, 기회가 왔다!' 지원 자격이 충족되었지만, 인도팀에 선발되는 것이 관건이었다. 희망 국가를 3지망까지 지목할 수 있었다. 1지망 인도, 2지망 인도, 3지망 인도로 지원할까 고민을 하다가 깔끔하게 1지망으로만 인도를 지원했다. 면접에서도 인도가 아니면 가고 싶지 않다고 밝혔다. 인도에 대한 나의 간절함과 열정이 전달된 까닭일까. 결국, 인도 땅을 밟을 기회를 잡았다. 빈곤이라는 벽에 막혀 교육받을 권리를 제대로 누리지 못하는 아이들을 찾아가 그들에게 교육의 장場을 마련해 주는 것이 내 목표였다.

○ Incredible India

어떤 이가 말했다. 누가 만들었는지 모르겠지만 'incredible India'가 인도를 가장 잘 표현하고 있는 것 같다고. Incredible 의 사전적 정의는 '1. 믿을 수 없는, 믿기 힘든 2. (너무 좋거나 커서) 믿어지지 않을 정도인'이다. 믿을 수 없는 인도, 믿기 힘든 인도, 믿어지지 않을 정도인 인도. 나도 아직 이보다 더 적절하게 인도를 대변하는 표현을 찾아내지 못했다.

처음 인도에 발을 들였을 때, 내 감각을 자극하는 모든 것이 강렬했다. 탈 것들의 경적, 뜻을 알 수 없는 힌디어를 무섭게 쏟아내는 장사꾼들, 눈앞에 자욱한 먼지 안개, 무시할 수 없는 인도의 차가운 겨울, 하루 끝에 코를 풀면 나오는 검정 콧물까지. 인도의 강렬한 첫인상이 아이들과의 만남을 더 궁금하게 했다.

인도에서 기차 연착은 아무 일도 아니다. 다들 기차의 속도로만 시간의 흐름을 체감하는 듯 보였다. 6시간이면 갈 거리를 9시간이나 달렸고 거기에 연착시간까지 더하면, 아이들을 만나

기까지 하루의 반이라는 시간이 걸렸다. 기다림의 크기가 더 컸던 만큼 기대도 한껏 부풀어 있었다. 아이들은 오르차(Orchha)라는 동네 안에 있는 찬드라 반(Chandra Ban) 마을에 살고 있었다. "어…?" 소리가 나도 모르게 입에서 새어 나왔다. 아이들과의 첫 만남은 인도와의 그것처럼 강렬했다. 충격적이었다는 표현이 더 맞을 것이다. 사무실 안에서 아이들 사진을 봤을 때, 이 아이들이 나에게 달려온다면 두 팔 벌려 품에 안아 줄 수 있으리라 생각했다. 그러나 그러지 못했다. 일단, 아이들이 나에게 달려오지 않았다. 그리고 아이들의 모양새를 보고 적잖이 당황하여 선뜻 내 품을 내어줄 수 없었다. 아이들은 정말 신발을 안 신고 있었고, 입고 있는 옷도 거의 다 찢어져 있었다. 아이들이 신을 신고 있지 않은 장면은 사진으로 수없이 봤는데 그 모습이 왜 그렇게 낯설게만 느껴졌던 것일까. 또 아이들 눈에 파리가 꼬이기도 했다. 머리는 제멋대로 헝클어져 있고 얼굴과 손은 다 터서 까슬까슬했다. 냄새도 좀 나는 것 같고. 나중에는 그 냄새가 내 냄새가 되었고 아이들을 안아주고 뽀뽀해주는 것이 자연스러운 인사가 되었다. 그러나 처음 오감五感으로 생생하게 아이들을 느꼈을 때의 그 당혹감은 잊을 수 없다.

본격적으로 글로벌 서비스-러닝 인도팀 팀원들과 프로그램을 진행했다. 아이들과의 첫 만남만이 나의 예상을 비껴간 것이 아

나눔의 **온도**
배움의 **품격**

니었다. 영양간식을 받고 감사와 기쁨에 휩싸여 맛있게 먹을 아이들의 모습을 기대하며 바나나와 귤을 나누어 주었다. 좋은 건지 아닌 건지 모를 표정으로 덥석 받자마자 그 자리에서 먹어 치우기도 하고 주머니에 숨기더니 하나 더 달라는 아이도 있었다. 어머나. 다음으로는 즉석 사진기로 아이들 사진을 찍고 이름표도 만들어 주었다. 계속 자기 사진을 찍어달라며 옆구리를 콕콕 찌르는 아이도 있고, 이름표를 찢어 먹는 아가도 있었다. 80여 명의 아이와 사투를 벌이고 숙소에 돌아온 우리는 영혼과 정신, 넋을 잃은 상태였다. 우리, 앞으로 잘할 수 있을까? 싶은 마음도 잠시뿐, 다음 날 진행할 프로그램 예행연습을 하면서 우리는 아이들보다 더 신이 났다. 계획대로 찬드라 반 아이들과 체육대회, 미술활동, 악기연주, 위생교육을 했다. 통제가 안 될 것 같다는 생각에 걱정이 앞서기도 했고 선배들이 경고했던 아이들의 영악함(!)이 우리를 긴장하게 했지만, 반전의 반전을 거듭하는 아이들. 아이들이 보여준 집중력과 똘똘함에 우리 팀원들은 압도되었다. 반짝반짝 빛나는 눈으로 우리한테 반응하고 질서도 잘 지키는 아이들에게 놀랐고 미안했다. 이렇게 가능성이 무궁무진한 아이들인데, 그 가능성을 짓밟고 있는 제도와 관습 앞에 나 스스로가 무력하게만 느껴졌기 때문이다.

난 이렇게 많이 받았는데

난 주러 왔을 뿐인데 오히려 내가 받고 갑니다
눈물 닦아주러 왔을 뿐인데 내 눈물만 흘리고 갑니다
씻어주러 왔을 뿐인데 오히려 내가 씻겨졌습니다
고쳐주러 왔을 뿐인데 오히려 내가 치료되어 갑니다

〈난 이렇게 많이 받았는데〉 中
유은성

결코 사소한 이별은 없다, 아이들과 헤어지며 다시 한번 실감
했다. 하루 서너 시간, 고작 일주일을 함께 했다. 해야 할 일을
다 끝마쳤다는 개운함보다는 한 명 한 명 다 안아주지 못하고,
더 사랑하지 못하고, 더 많이 웃어주지 못했다는 미안함이 사
무쳤다. 비록 물리적 거리는 멀어지지만, 우리와 함께했던 기억
이 아이들 마음속에서 언제나 난로처럼 작동했으면 좋겠다는
생각을 했다.

언젠가 한 번은 간사님이 약함에 대해 말씀해주셨다. "'약함'
은 상대적이어서 누군가 불쌍하다고 절대 동정할 필요가 없어.
어떤 면에서는 우리가, 내가 훨씬 불쌍한지도 모르기 때문이지.

나눔의 **온도**
배움의 **품격**

우리는 서로 나눌 수 있는 '다른' 것들을 가지고 있는 것뿐이야."
아이들을 돕기 위해 찬드라 반에 방문했다. 그러나 그 아이들을 정말 도운 것일까 하는 질문이 마음을 찌른다. 어느 순간 어떠한 기준에 따라 우위를 나누고, 나는 줄 수 있고 아이들을 받기만 하는 존재로 만들었던 것은 아닐지. 내 쪽에서의 일방적인 공급일 것이라 생각했는데 아이들과 상호공급이 일어남에 놀란 것은 아닌지. 우리 글로벌 서비스-러닝 팀은, 나는 왜 하필 인도 찬드라 반 마을에 오게 된 것일까? 좋은 옷, 가방, 로션을 우리 아이들에게 다 주고 싶은데 그러기 위해서 나는 어떤 사람이 되어야 할까? 아이들과의 만남 그 후가 나에게 숙제로 남겨졌다. 되로 주고 말로 받은 나는 또다시 빚진 자가 되어 그 빚을 어떻게 청산할지 고민하게 되었다.

○ 가방은 꿈을 싣고

생각보다 숙제를 풀 시간이 금방 주어졌다. 글로벌 서비스-러닝으로 인도에 함께 다녀온 기독교학과 동기가 학회를 만들어 찬드라 반 아이들을 지속적이고 체계적으로 도와주자는 제안을 했다. 서로 사랑하는 우리 사이라는 뜻을 가진 순우리말 '예그리나'라는 이름 아래 기독교학과 학생 여섯 명이 모였다. 지금까지 우리가 받고 누린 사랑을 나누자는 취지였다. 사랑의 나눔은 학회원들의 재능기부를 통해 만든 상품을 판매하며 찬드라 반의 실태를 사람들에게 알리고 수익금으로 찬드라 반 아이들의 교육받을 권리를 보장해 주는 형태로 진행되었다.

꿈과 쌀 포대. 찬드라 반 아이들과의 첫 만남을 요약해주는 두 단어이다. 아이들과 만나 "너희는 꿈이 뭐니?"라고 물었을 때 이 질문에 쉬이 대답하는 아이들이 없었다. 아이들은 꿈이 없었을뿐더러 꿈이라는 단어조차 모르고 있었다. 꿈과 가장 가까워야 하는 아이들이 그 단어에 접근도 못 해본 상황을 누구의 탓으로 돌려야 할까. 아이들은 꿈을 꾸고 꿈에 살아야 하는 존재인데. 아이들에게 꿈을 보여주고 싶었다. 후원받은 물품을 배부할 때였다. 가방의 주인이었던 아이의 이름 석 자가 한글로 적혀 있는 ○○피아노학원 가방. 한 인도 아이에게 그 가방을 내밀었다. 아이는 히죽 웃더니 가방 같은 것을 내보였다. 처음에는 분명 흰색이었을, 그러나 지금은 흑갈색이 되어버린 쌀 포대였다. 손잡이도 없는 그 포대의 입구를 모아 잡고 질질 끌었을 아이의 모습이 선명했다. 제멋대로 흐물거리는 그 포대도 나름 가방이라고 안에 이것저것을 담고 있었다. 아이의 물건을 피아노학원 가방에 옮겨 담아주었다. "자, 이제 이 가방은 네 거야." 이번엔 아이가 치아를 보이며 활짝 웃었다. 아이들의 이름이 처음으로 적힐 새 가방을 선물해 주고 싶었다.

나눔의 **온도**
배움의 **품격**

예그리나의 첫 번째 프로젝트 '가방은 꿈을 싣고'의 탄생 이야기이다. 이 프로젝트는 단순히 인도 아이들에게만 꿈을 전해주는 것이 아니었다. 후원자들에게도 '당신의 꿈은 무엇입니까?'라는 질문을 던져 꿈이 없는 이들에게는 꿈에 대해 생각해 볼 수 있는 기회를, 꿈을 잃은 이들에게는 꿈을 찾을 기회를, 꿈을 잊은 이들에게는 색 바랜 꿈에 색을 덧입히는 시간을 제공해 주었다. 일방적인 베풂이 아닌 서로가 서로의 꿈을 소생시키는 프로젝트! 상품제작 자금은 유네스코 한국위원회의 후원을 받아 마련했고, 온·오프라인 홍보와 판매를 통해 후원금을 마련했다. 300만 원 가까이 모인 후원금을 그대로 들고 다시 한번 아이들을 만나러 비행기, 기차, 릭샤(Rickshaw)에 몸을 실었다.

○ 시간이 멈춘 곳

아이들을 만나러 가는 길은 낯설지 않았다. 울퉁불퉁 모난 길부터 아이들의 미소, 맑은 눈, 키, 입고 있던 옷까지 모든 것이 그대로였다. 지난겨울 가르쳐주었던 올챙이 송을 기억하고 있던 아이들은 뒷다리가 쑤욱~ 앞다리가 쑤욱~ 노래를 부르며 예그리나를 반겨주었다. 그 모든 것을 간직하고 있는 아이들에게 감동했고 감사했다.

"이번 겨울은 따뜻하게 보내다 오겠네~." 겨울마다 인도에 갈 때 듣는 인사다. 인도가 한국보다 남쪽에 있어서 인도는 일 년 내내 더울 것이라 생각하는 사람들이 있다. 아니다. 틀렸다. 인도 북쪽의 겨울은 코끝이 시리고 입김을 내뿜게 할 정도로 춥다. 인도 사람들은 여름보다 겨울에 피부가 더 까매진다고 한다. 여름에는 더워서 그늘 밑에 들어가 있는데 겨울은 추워서 볕을 온몸으로 쬐기 때문이다. 이처럼 인도의 겨울은 적극적으로 햇볕을 찾아 나서야 할 정도로 춥다.

인도의 중북부에 위치한 찬드라 반에 사는 우리 아이들은 무방비 상태로 겨울을 맞는다. 감기를 달고 사는 아이들에게 겨울옷과 털모자를 선물했다. 사이즈가 맞지 않는 몇몇 아이에게는 우리가 입고 있던 후드를 벗어 주었다. 새 옷을 주었으면 더 좋았을 텐데. 신발을 벗고 교실에 들어가는 아이들을 위해 교실에 장판도 깔아주었다. 다음엔 전기장판을 깔아주고 싶었다. 무럭무럭 커야 할 아이들의 키가 그대로였다. 하루에 한 컵씩 우유 급식을 했다. 우유가 365일 아이들의 집 앞으로 배달되면 얼마나 좋을까 생각해보았다. 우리가 직접 만든 가방을 주고 학용품을 채워 주었다. 다음번에는 아이들의 나이와 취향을 고려해도 좋을 것 같았다. 아이들이 꿈을 기억할 수 있도록 학교 벽 한쪽에 '사파나아'라고 큼지막하게 그렸다. 벽은 아이들이 주로 뛰노는 공터를 바라보고 있었고 '사파나아'는 힌디어로 '꿈'을

나눔의 **온도**
배움의 **품격**

뜻한다. 찬드라 반 학교에서는 힌디와 수학 수업만 진행된다. 보충수업으로 예체능 수업과 위생교육을 준비해 갔다. 기본적으로 필요한 정보를 전달하기도 했지만, 아이들을 수준별로 나누어 프로그램을 진행할 필요가 있었다. 지난번에 왔을 때 아이들에게 해 주고 싶었던 것들을 잘 기억해 두었다가 나름대로 준비해서 왔는데 계속 발견되는 부족하고 아쉬운 부분들이 나를 약 올렸다. 그래, 좋아. 이렇게 약이 올라야 더 잘하려고 다음에 또 오겠지? 그리고 물품과 프로그램으로 아이들의 필요를 채워주는 것과 더불어 아이들과 손잡고 눈 맞추며 마음의 온도를 높이는 것도 우리의 할 일이었다. 아이들과 함께 머무는 그 순간은 깨고 싶지 않은 꿈과 닮았다.

○꼭 가고 싶습니다!

졸업과 동시에 예그리나는 후배들의 몫이 되었다. 간간이 소식을 전해 듣긴 했지만 예그리나 활동에 크게 관여하지 않았다. 상품 제작과 후원금 마련 등 프로젝트 진행은 나의 손을 떠난 일이기 때문이었다. 그러나 나는 항상 찬드라 반 아이들을 그리워했고 여전히 그 아이들의 빈곤이 불편했다. 제2, 제3의 찬드라 반 아이들을 위해 할 수 있는 일이 없을까 고민했고 진짜 찬드라 반 아이들에게 해 주지 못한 것들에 대한 아쉬움을 늘 품고 있었다. 어느새 찬드라 반 아이들은 내 삶의 원동력이 되어버렸다.

예그리나의 두 번째 찬드라 반 방문의 테마는 '여성'이었다. 글을 몰라도 쉽게 이해할 수 있도록 성교육 그림 책자를 만들었고, 면 생리대를 만드는 방법과 사용방법 등을 마을 여성들에게 교육할 계획이었다. 한편으로는 부럽고, 또 대견하고 기특한 후배들에게 박수를 보냈다. '언니가 동행해주면 큰 힘이 될 거 같아요'라는 후배들의 한 마디에 박수칠 때 떠났던 언니(나야 나!)는 인도행 비행기 표를 끊었다, 로 이야기가 마무리되었으면 참 밋밋했을 텐데, 이 극의 작가는 누구신지 이야기를 참 극적으로 전개시켜 나갔다. 당시 내 통장 잔액은 인도에 가기엔 턱없이 부족했다. 후배들에게는 인도에 너무 가고 싶지만, 하늘에서 당장 돈이 떨어지지 않으면 갈 수가 없는 상황임을 설명했다. 어머나. 나는 다시 인도에 가야 할 운명이었나 보다. 하늘에서 돈이 뚝 떨어졌다. 친구랑 공모전에 지원했었는데 수상자로 뽑혀 인도 비행기 푯값이 생겨버렸다. 아하, 이런 걸 보고 하늘이 주신 기회라고 하는구나! 그렇게 다시 인도에 품에 안겼다.

나눔의 온도
배움의 품격

감사한 죄

민주화운동 하던 다른 어머니 아들딸들은
정권교체가 돼서도 살아 돌아오지 못했어도
사형을 받고도 몸 성히 살아서 돌아온
불쌍하고 장한 내 새끼 내 새끼 하면서
나는 바보처럼 감사기도만 바치고 살아왔구나

나는 감사한 죄를 짓고 살아왔구나
새벽녘 팔순 어머니가 흐느끼신다
묵주를 손에 쥐고 흐느끼신다
감사한 죄
감사한 죄
아아 감사한 죄

<감사한 죄> 中
박노해

7분짜리 미키마우스 영상을 보며 까르르 천사 웃음소리를
내는 아이들. 그중에 베제가 있었다. 때 탄 흰 바지에 목은 있

는 대로 늘어나고 팔 부분에 구멍이 난 노란 티셔츠를 입고 있었다. 상급학교에 진학하고 싶지만, 집에 돈이 없어서 못 갈 것 같단다. 좋아하는 걸 물었을 때 한참을 고민하더니 크리켓(cricket)[11]을 좋아한다고 한다. 꿈이 뭐냐는 질문에 주위를 훑더니 황량한 들판을 가리키는 아이. "농부가 되고 싶어요." 아이의 대답이다. 베제는 2년 전 찬드라 반을 처음 방문했을 때부터 눈에 띄었다. 무슨 말인지 알아듣지도 못하면서 제법 비슷하게 한국어를 따라 하던 까불이였다. 내 뒤를 졸졸 따라다니며 내 입에서 나오는 모든 말들을 다 따라 할 기세였다. 그랬던 아이가 2년 새 많이 의젓해졌다. 사춘기에 접어든 걸까.

"베제, 너 몇 살이야?"

"몰라요."

"나이를 모른다고?"

"네, 몰라요."

14살 정도로 보이는 베제는 본인의 나이를 모른다. 너무 충격적이었다. 내 귀를 의심했다. 질문을 바꿔서 되물었고 몇 번을 확인했다. 아이 앞에서는 울 수가 없어 그날 숙소로 돌아와서 정말 목 놓아 울었다. 베제는 왜 나이를 모르는 것일까? 우리나

---

11 크리켓(cricket): 11명씩의 두 팀이 교대로공격과 수비를 하면서 공을 배트로 쳐서 득점을 겨루는 경기.

나눔의 **온도**
배움의 **품격**

라에서는 아가가 태어나면 엄마가 하루 단위로 생후 며칠째인
지 기억하고 있는데…. 그럼 베제는 자기 생일도 모르고, 생일파
티를 해 본 적도 없겠네 하는 생각이 나를 소리 내 울게 만들었
다. 이것은 나이의 문제만이 아니었다. 아이의 자존의 문제였으
며 정체성의 문제였다.

그곳에는 써니도 있었다. 수줍음이 많은 써니는 망토를 두르
고 있었다. 상당히 추운가보다 하고 아이를 안아주었다. 아이
팔 쪽에 뭔가 묵직한 것이 느껴졌다. 망토를 들추어 보니 팔꿈
치가 야구공만 한 크기로 부풀어 있었다. 부푼 부위에는 언제
부터 그랬는지 가늠이 안 되는 피고름 덩어리가 자리 잡고 있었
다. 한두 개가 아니었다. 정확한 진단을 위해 아이를 의사 앞에
데려갔다. 골수염이었다. 뼈가 부러진 후 오랫동안 치료를 하지
않아 골수에 염증이 생겼고 그것이 피와 고름으로 새어 나와
굳어버렸다고 한다. 의사는 수술이 필요할 것 같다고 말했다.
이미 늦었지만, 더 지체하게 되면 아이가 평생 팔이 굽은 채로
지내야 할지도 모른다고 경고했다. 나중에 알게 된 사실인데,
써니의 팔뼈가 골절되었을 때 그의 부모는 치료방법도 치료할
돈도 없어서 그냥 방치했다고 한다. 시간이 지나면서 골수염 증
세가 보이자 마을 사람들은 써니를 보며 블랙 매직(black magic,
악마의 저주)에 걸렸다는 이유로 기피했다고 한다. 그래서 임시방

편으로 써니의 흉한 팔은 망토 밑에 숨어있어야만 했던 것이다. 상태의 심각성을 써니의 부모님한테 설명하고 치료비를 예그리나가 부담할 테니 아이의 건강에만 신경을 써달라고 부탁했다. 그러나 써니의 아버지는 아이의 치료를 거부했다. 이유는 없었다. 이 정도면 충분하다는 그의 말에 화가 났지만, 누구에게도 화를 낼 수가 없었다.

씁쓸함

그것의 이름은 무엇이었을까.
내가 마주한 그 불편한 감정은 무엇이었을까.

우리는 함께 시간을 보냈지만, 온기가 남아있는 음식
을 같이 먹지는 않았다.
우리가 만난 날 동안 너와 나는 옷을 갈아입지 않았다.
그것은 나의 선택이었지만 너에겐 선택의 여지가 없었다.
그 옷가지가 며칠을 더 네 몸에 걸쳐져 있었는지 모른다.
우리는 같은 공간과 시간에 머물렀지만
서로가 느낀 그때의 온도는
너와 나의 피부 색깔처럼 달랐을 것이다.

나눔의 **온도**
배움의 **품격**

너와 보낸 시간은

다음을 기대하게 할 만큼 벅찬 시간이었지만

다음 일 년을 상당히 불편한 숙제로 남겼다.

그때는 몰랐다.

그것의 이름을, 그 찜찜한 기분을.

그것은 내가 대가 없이 누리고 있는 것들이

너에게는 허락되지 않음에 대한 씁쓸함이었다.

<씁쓸함>

남지인

 아이들과의 관계가 깊어질수록, 그들의 삶에 관여할수록 책임지지 못 할 일을 시작한 것은 아닌지, 이 일이 어떤 의미가 있는지 자문하게 된다. 아이들은 볼수록 귀엽고 사랑스러운데 마음은 갈수록 무겁고 대책이 없어진다. 그래도 아이들에게 이미 머문 시선을 뗄 수가 없다. 더 좋은 것들로 더 잘 도울 수 있도록 치열하게 고민하는 수밖에 없다. 도서관, 의료팀, 생일파티, 자전거, 영어교육, 지구본, 세계지도… 아이들에게 주고 싶은 것들을 죽 적어보며 나도 모르게 다음 만남을 기약했다.

○ 사람 인人, 길 도道

우리는 나보다 강했다. 예그리나 프로젝트를 후원해주신 후원자들을 포함하여 예그리나는 많은 이와 함께 기적의 몸집을 키워 갔다. 찬드라 반에 도착하기 전 잠시 들린 델리에서 우연히 한인교회에 가게 되었다. 목사님께서 예그리나의 마음을 예쁘게 봐 주시고 그 자리에서 후원금을 주셨다. 덕분에 아이들에게 달달한 간식을 줄 수 있었다. 이것은 시작에 불과했다.

찬드라 반 근처에 있는 게스트 하우스에 머물면서 정말 엄청난 인연들을 만났다. 써니 치료 문제로 의사 선생님과 써니, 써니 엄마, 현지 협력가와 함께 로비에 있었다. 키는 컸지만, 아직 얼굴에 앳됨이 묻어있는 한 청년이 무슨 일로 모여 있는 것인지 물었다. 상황 설명을 듣더니 작은 수첩과 펜을 꺼내 들며 자신을 글쟁이 학생이라고 소개를 한다. 써니에서 시작된 이야기는 찬드라 반, 예그리나, 서울여자대학교 서비스-러닝까지 이어졌다. 글쟁이 학생은 한국에 돌아가면 여행 에세이를 써서 책을 출판할 예정이라고 했다. 『문득 흔들리고 부서질 때』라는 제목의 책이 세상에 나왔고 그 안에 예그리나는 작은 비중을 차지하게 되었다. 우리 아이들의 이야기가 더 많은 사람에게 전해질 터였다.

예그리나에게 SNS로 메시지 하나가 왔다. 글쟁이 학생의 책

나눔의 **온도**
배움의 **품격**

을 읽은 독자인데 자신의 블로그에 예그리나 이야기를 기록하고 싶다고 했다. 예그리나는 종이로, 스크린으로 많은 이와 마주하며 우리의 이야기를 신나게 전할 수 있었다.

청년 두 명이 인도 곳곳을 여행하다 한 번 가볼 만하다는 오르차에 왔고 우연히 예그리나를 만나게 되었다. 그들의 하루를 찬드라 반 아이들에게 기꺼이 내주었다. 한국에 돌아갔을 때 인도 어디가 제일 좋았냐고 사람들이 물을 때면 주저 없이 찬드라 반 아이들과의 만남을 가장 먼저 이야기한다고 한다. 예그리나와의 만남이 단지 우연이 아닌 것 같다고 말해주는 그 청년들은 어릴 적 품었던 봉사에 대한 마음이 되살아나서 앞으로 실천할 것이라고 한다.

팍팍한 삶에 생기를 불어넣기 위해 인도를 찾았다는 A. 지난번 인도에 왔을 때 오르차에서 며칠 지냈었는데 참 좋았었다고 했다. 그 좋은 기억을 따라 다시 온 오르차가 여전히 좋다는 A. 그의 하루도 찬드라 반 아이들과 공유되었다. 예그리나에 자연스럽게 흡수되어 묵묵히 아이들을 씻겨주고 프로그램 진행을 도와준 A는 한국에서 번듯한 직장에 다니며 돈도 벌 만큼 벌고 결혼도 해서 안정적인 생활을 했다고 한다. 어제나 오늘이나 내일이 변함없이 똑같은 일상에 지쳤었는데 아이들과 함께 한 시간이 삶의 활력을 더해주었다고 말하며 담담하게 후원금을 내밀었다. 덕분에 써니가 응급처치를 받을 수 있었다.

인도에는 사람과 사람의 만남이 있었다. 서로가 연결되어 자극 주고 자극받으며 성장했다. 좁지만 무한히 넓은 세상이 담겨 있는 곳에서 우리는 서로의 세계에 초대받았다. 좋은 일, 좋은 사람, 좋은 마음을 보면 기꺼이 돕는 것이 그 세계에서 사람들이 살아가는 방식이었다.

○ 예그리나, 서로 사랑하는 우리 사이

어김없이 겨울이 찾아왔고, 예그리나는 올겨울에도 당연하게 인도로 떠났다. 이번 여정에 나는 함께하지 못했지만, 아이들의 눈곱과 콧물에 연연하지 않고 연신 입을 맞추는 후배들의 모습이 직접 본 듯 선명하다. 예그리나는 이번 방문을 통해 찬드라 반 아이들에게 작은 도서관을 선물할 계획이다. 시작부터 서로에 대한 그리움에 사무칠 예그리나의 찬드라 반 3번째 방문을 응원한다.

나눔의 실천이 때로는 무력하게 느껴지고 밑 빠진 독에 물을 붓는 것처럼 보이기도 한다. 그러나 그런 무기력함을 극복하고 내딛는 한 걸음이 바로 사랑이다. 그 사랑은 나눔의 대상을 향해 있고 그 사랑은 희망을 잉태한다. 희망은 세상을 살아볼 만한 곳으로 만드는 힘이 있고 그 힘은 사람들이 삶을 포기하지

나눔의 **온도**
배움의 **품격**

않도록 붙들어 준다. 그렇기에 우리가 나눔을 포기할 수 없는 것이다.

인도의 끌림을 못 이긴 탓에 한동안 인도와 물리적, 심리적으로 가깝게 지내며 서로 사랑하는 사이가 되어버렸다. 인도에 앞으로 몇 번을 더 가게 될지는 모르겠지만, 나를 초대해 주는 곳이 어디든지 기꺼이 응하며 제2, 제3의 찬드라 반 아이들과 사랑에 빠지고 싶다. 이미 받은 것이 넘치기에, 풍족하게 누리고 있기에 나눠야 하고 사랑해야 한다. 나의 나눔은 앞으로도 현재 진행형일 것이다.

성장하고 싶다면 두드려라,
그리하면 열릴지니

○ 희망의 시작, 서울여대

2011년에 서울여자대학교 기독교학과에 입학하고 꿈같던 대학 생활을 시작했습니다. 흐드러진 나무와 삼각 숲을 거닐다 보면 마치 수목원에 온 것 같은 기분이었습니다. 여고를 졸업하고 대학 낭만을 즐길 수 있는 남녀공학을 가고 싶었지만, 여대로 결정이 난 이상 지나간 것에 미련을 두지 않기로 했습니다. 그리고 여대에서 저만의 다른 매력을 만들 생각에 기대에 부풀었습니다. 사회에 나가기 이전의 준비단계가 '서울여대'임을 깨달았습니다. 대학 생활하는 동안 그 기회를 잘 활용하고 싶었고 학교가 제게 주는 기회를 잃고 싶지 않았습니다. 따로 장학금 받는 것 이외에 내야 하는 등록금은 틈틈이 아르바이트와 교내 인턴으로 충당했고, 제 돈으로 벌어서 냈기에 더욱 이 학교에서 제공되는 기회가 소중했습니다.

○ 한 번의 실패, 또 한 번의 지원. 글로벌 서비스-러닝

학교 다니면서 제가 잘한 것 중의 하나는 '관심 갖는 것'이었습니다. 학교 게시판에 붙은 공고문들은 저와 상관없는 것이라도 훑었고, 교내 사이트에 올라온 공고문 또한 유의 깊게 봤습니다. 그중 눈에 들어온 것은 글로벌 서비스-러닝(Global Service-Learning)이었습니다. 학교에서 배운 교양과목과 전공과목을 삶에 접목할 수 있다는 것이 가장 큰 장점이었습니다.

제가 도전한 것은 홍콩에서 두 달 동안 진행된 글로벌 서비스-러닝 교류 Exchange입니다. 홍콩(Hong Kong)의 툰먼(Tuen Mun) 구 지역에 있는 '링난대학교'와 우리 학교가 연계되어 있었고, 두 달 동안 링난대학교(Lingnan University)에서 홍콩, 대만(Taiwan), 한국, 필리핀(Philippines), 인도네시아(Indonesia), 이렇게 다섯 개국의 친구들이 모여서 서로 집중적으로 토론하고 홍콩의 지역사회를 자세히 들여다볼 수 있는 금상첨화의 기회였습니다. 제가 지원한 글로벌 서비스-러닝은 특정한 과목에 연계된 서비스-러닝이 아니고 특정 주제가 정해져 있었습니다. 노후생활(Active Ageing)과 사회적 기업, 크게 두 주제 중에서 본인이 흥미 있는 한 가지를 선택해야 했습니다. 그리고 이 주제에 맞게 그동안 수업 들었던 교양과목과 전공과목에서 배운 것들을 지역사회에서 어떻게 실현할 수 있는지 알아가는 것이 주된 목적이었습니다.

이 공고문을 대학교 3학년 때 처음 봤습니다. 하지만 지원 자체가 쉽지가 않았습니다. 아시아 국가 친구들이 한 곳에 모이는 장場이기에 모임이 영어로 진행됐고 지원서 또한 영어로 에세이를 제출해야 했습니다. 하지만 교내에서 두 명을 뽑기 때문에 영어가 조금 부족해도 당연히 저는 채택될 거라는 믿음이

나눔의 **온도**
배움의 **품격**

있었습니다. 그렇게 지원한 1차 서류는 통과하고 그 이후 2차로 스카이프(Skype)[12]로 링난대학교 교수님과 화상 면접을 진행하는 과정에서 통과되지 못하고 대기자 명단에 올랐습니다. 하지만 공석이 전혀 나지 않아서 참여할 수 없었습니다. 처음 본 면접이었고 게다가 영어로 진행되어서 많이 긴장했습니다. 그렇게 한 번 낙방하고 나서 마음에 살짝 충격이 있었습니다. 당연히될 줄 알았던 것이 더 이상 당연한 것이 되지 않았을 때의 마음의 충격은 한 번쯤 경험해본 사람이라면 공감하실 겁니다.

면접하면서 제가 느낀 것은 어떠한 문제에 대해 자기 스스로 답이 정리되어있지 않으면 대답이 모호할 수밖에 없다는 점입니다. 면접관은 날카로운 질문을 했고 지원자들은 면접관을 설득할 수 있는 답변을 해야 했습니다. 그러려면 기본적으로 지원자가 자기 자신에 대한 정리가 있어야 합니다. 내가 누구인지, 무엇을 잘하는 사람인지, 왜 이 프로그램을 이수해야 하는지 등에 대해 면접관을 설득해야 했습니다. 서비스-러닝을 통해서 무엇을 배우고자 하는지, 현재 배우고 있는 전공과 교양을 어떻게 접목하고 싶은지, 설득의 과정에서 답변이 모호하거나 그저 외국을 체험하고 싶어서라는 이유라면 여행 혹은 교환학생을 가

---

12   스카이프(Skype): 인터넷에서 화상 무료 통화를 할 수 있는 프로그램.

는 것이 맞고 이 프로그램은 적절하지 않다고도 한 면접관의 첫 마디가 기억납니다. 한 번 낙방했지만, 그래도 신기한 것이 다음 해에 또 기회가 있을 것이니 이것으로 끝내고 싶지 않은 마음이 더 컸습니다. 그래서 다음 해인 2014년에 다시 지원했고 이때는 목표를 명확하게 정해서 서류와 화상 면접에 임했습니다. 동일하게 1차 서류와 2차 화상 면접을 거쳐 합격 메일을 받았고, 여름방학에 두 달 동안 홍콩에서 서비스-러닝을 할 수 있었습니다. 동기와 목적이 명확하니 그 이후의 과정들은 비교적 순탄했습니다.

2014년도의 2차 면접관은 스카이프로 화상 면접을 볼 때 알 수 있었습니다. 이전 해에도 면접을 진행했던 분이셨습니다. 그분 또한 제가 다시 지원한 것을 알고 있었고 그런 저에게 흥미와 관심을 갖고 계셨습니다. 그분은 일 년 동안의 저의 변화된 모습과 왜 서비스-러닝이어야 하는지에 대한 깊이 있는 질문을 하셨습니다. 저는 이론이 이론으로만 그친다면 쓸모없는 것이라 생각했고 그것을 삶에 적용하여 제가 소속된 지역사회의 변화로 이어진다면 그 이론이 살아있는 것이라 생각했습니다. 그리고 한국에 국한된 생활이 아니라 아시아 친구들이 모여서 부딪치며 생활하고, 단순한 여행이 아닌 지역사회를 들여다볼 수 있는 활동이라면 제 삶에 큰 성장이 있을 것이라 확신했습니다.

나눔의 **온도**
배움의 **품격**

링난대학교 교수님은 이러한 저의 명확한 목표와 태도를 인상 깊게 보신 것 같고, 또 지금 생각해보면 한 번 떨어진 것에 크게 낙망하지 않고 재도전한 것을 기특하게 보신 것 같습니다.

○ 시작 전부터 만만치 않은 준비과정

그렇게 합격 메일을 받은 이후부터 출국하기 전까지 한국에서 준비해야 할 것이 정말 많았습니다. 홍콩 비자, 중국 비자, 비행기 티켓팅(ticketing) 등의 출국 준비뿐만 아니라 작성해서 제출해야 할 서류들이 많았습니다. 면접 볼 때 꼼꼼하게 물어볼 때부터 알았지만 어느 것 하나 대충 하는 것이 없었습니다. 6월 중순에 프로그램 시작이었는데 프로그램 시작 삼 개월 전부터 요구하는 것이 다양했습니다. 먼저 서비스-러닝에서 어떤 것을 얻고자 하는지 준비된 Goal setting 양식에 세 페이지 정도의 답변을 작성해야 했습니다. 그리고 '연구 제안서'를 제출하라고 했는데 홍콩에 있는 두 달 동안에 깊이 있게 공부하고 싶은 주제를 택해서 제출했습니다. 홍콩에 있는 두 달을 헛되이 보내지 않기 위해 교수·학습센터 서비스-러닝 담당교수님의 지도로 영어도 공부하고, 관련 자료를 찾아 꼼꼼히 읽고 정리하면서 연구제안서를 철저하게 준비했습니다. 이 제안서는 열흘은 중국에 다녀오고, 다시 홍콩으로 돌아와서는 지역사회에 들어가 실습하면서 개선점·해결방안을 제시할 때 활용되었고 그것을 토대로 프로그램 마지막에 최종 제안서를 작성하는 기반이 되었습니다.

프로그램 시작 전에 글쓰기로 생각을 정리하는 것을 훈련했습니다. 홍콩에 가서부터는 실전이지 준비과정이 아니기 때문입니다. 미리 현장에서 부딪칠 것을 예상하고 홍콩 지역사회를 연구하는 시간을 가짐으로써 마음가짐을 단단히 할 수 있었습니다. 두 달의 생활이 헛되지 않고 열매 맺을 수 있도록 교수·학습 센터에서 함께 하는 출국 전의 준비과정은 매우 의미 있고 중요한 시간이었습니다.

○ 홍콩 도착 그리고 글로벌 서비스-러닝 시작

두 달 동안 홍콩에서 지낼 생활용품과 옷 채비를 챙기고 인천공항을 출발해 홍콩에 도착했습니다. 도착하니 현지인 친구가 마중 나왔습니다. 그는 공항에서 툰먼 구에 위치한 링난대학교에 가는 동안 홍콩 날씨, 문화, 정치 얘기를 간략하게 이해하기 쉽게 설명해주었습니다. 그의 이야기를 들으면서 자국에 대한 애국심과 관심이 많고 외국인에게 본국을 알리려고 노력하는 그의 모습이 보였습니다. 그리고 프로그램을 마치는 시점에는 그 친구뿐 아니라 함께 참여했던 홍콩의 모든 친구가 같은 이념

나눔의 **온도**
배움의 **품격**

을 갖고 있다는 것에 놀랐습니다. 그 모습에 저를 돌아볼 수 있었는데, 저 자신은 얼마나 남한과 북한에 대해 잘 알고 있으며 외국인에게 남북 사이를 얼마나 잘 풀어서 설명할 수 있을지를 생각해 보고 반성하게 됐습니다.

그렇게 대략 두 시간을 거쳐 학교에 도착했습니다. 학교에 도착하자마자 모든 짐을 풀고 캠퍼스 구경과 인근 마켓 구경을 나갔습니다. 처음 도착한 홍콩 냄새와 분위기 등 홍콩의 모든 것이 새로웠습니다. 프로그램은 외국인 10명과 나머지 10명 이상은 홍콩 현지인 친구들로 이루어졌습니다. 처음 이틀 동안에는 외국인 친구들이 링난대로 모이는 시간을 가졌고 모든 친구가 기숙사에 모인 후에 바로 오프닝 오리엔테이션 시간을 가졌습니다. 'Office of Service-learning, Lingnan University'라는 제목에 'Schedule of Cross-Boarder Service-Learning Summer Institute 2014'라고 적힌 시트지를 받았는데 그 시트지에는 8주간 앞으로 어떤 활동을 할 건지에 대한 계획이 있었습니다.

8주간의 간략한 계획은 이러합니다. 1, 2주 차에는 글로벌 서비스-러닝의 큰 주제인 '노후생활'과 '사회적 기업'이 무엇인지 초청 강사를 통해 개념 수업과 홍콩의 사회 미션, 비즈니스 모델, 사회적 기업의 구조 등 특정 주제의 집중 강의, 3주 차부터는 강의 내용을 들은 것을 토대로 노인 시설과 사회적 기업을 직접 방문하는 계획이었습니다. 특히 셋째 주에는 중국(China)에 가는 China Trip 일정이 열흘 있었고 중국과 윈난(Yunnan)에서는 실습 위주의 과정이 진행됐습니다. 중국에서 머무른 숙소는 Youth EC Hostel이라는 숙소였는데 이곳이 사회적 기업이어서 이곳에서 열흘 동안 숙박하면서 관찰하고 느낀 것을 토대로 마지막 날에는 '그룹 발표' 시간을 가졌습니다. 그리고 5, 6, 7, 9주차에는 홍콩에 돌아와서 그룹별로 정해진 사이트로 가서 열흘 동안의 실습과정을 거치고 마지막 주에는 일하면서 느낀 것, 개선해야 할 점을 피드백하는 그룹 발표 시간이 있었습니다. 저에게는 경영학과 학생이 아님에도 사회적 기업을 분석하는 것 자체가 도전이었고 저는 이것을 스스로 한 단계 성장시키는 도구로 삼았습니다.

○ 홍콩도 한국과 같은 고령사회

링난대학교에서 '건강한 노후생활' 주제를 선택지로 내놓은 것은 이유가 있었습니다. 홍콩 역시 한국처럼 굉장한 고령화 시대이고 이 시대에 노인들이 어떻게 노년을 준비해야 하는지가 사회적으로 큰 이슈입니다. 기억에 남는 일이 있습니다. 그룹별로 현지의 가정집을 방문하는 것이 site visit 중의 하나였는데 중산층 가정을 방문했을 때의 일이었습니다. 그들도 한국과 마찬

나눔의 **온도**
배움의 **품격**

가지로 나이 육십 대 초반이면 직장에서 은퇴하고 그 이후에 무슨 일을 하면서 노년을 보내는지가 가장 큰 과제였습니다. 제가 방문한 가정은 다행히도 링난대학교에서 노년들을 위한 elderly academy 수업을 이수 중인 가정이었습니다. 아카데미를 수강하면 그들에게는 선생님이 될 수 있는 권한이 주어지고 청년들에게 그들이 배운 것을 가르칠 기회가 주어집니다. 저는 이 제도가 교육을 순환시키는 역할을 한다고 생각합니다. 젊은이들만 대학에서 수업을 들어야 한다는 것은 편견이며 은퇴하신 분들도 학업에 뜻이 있는 분들은 평생교육을 수강할 수 있도록 대학에서 장려하는 것이 바람직합니다. 제가 방문한 가정에서는 어머님이 아이들을 모두 시집, 장가를 보내고 노후를 남편과 함께 평생교육을 수강하고 있었는데, 그 모습이 활기차 보였고 자신의 노후에 적극적으로 관여하고 있다는 생각이 들었습니다. '노후'라는 단어를 떠올리면 이미 인생은 끝난 것 같고 더 이상의 도전은 없어 보였는데, 이는 저의 짧은 생각이었습니다. 직장 생활을 끝내고 60세 이후의 삶은 더 이상 끝이 아닌 또 다른 새로운 모험이자 도전입니다. 홍콩에서 고령화 시대를 보면서 저의 부모님이 떠올렸습니다. 은퇴 후에도 자식을 위해 뒷바라지하실 저의 부모님. 어찌 보면 뻔한 미래를 보는듯했지만, 부모님께 본인의 삶에 집중할 것을 말씀드리고 싶어도 현실에 부딪히면 또 가정에 매일 것 같았습니다. 현실을 아주 부정하고 동떨어진 삶을 살 수는 없겠지만, 청년들의 인식과 노후를 준비하는 분들의 문화부터 바뀌어야 한다고 생각합니다. 생각이 바뀌어야 삶이 변화될 수 있기 때문입니다.

○ 사회적 기업을 직접 체험하다

글로벌 서비스-러닝을 하면서 강의를 듣고 현장체험을 나가는 것 모두 값진 경험이었지만 그중에 제일은 실습입니다. 현장에서 몸을 부딪치며 배우는 것은 절대 잊을 수 없습니다. 저는 사회적 기업인 'Christian Action(이하 C.A)'에서 일했는데 이곳에서 일하는 노동자들은 한 부모 가정, 과부 등 사회적 소외계층입니다. C.A는 노동의 균등을 이루기 위해 사회적 소외계층에게도 일할 수 있는 권리를 주고 사회에 참여하게끔 독려하는 기업입니다. 특히나 이 기업은 대기업에서 판매하고 있는 상품들을 후원받고, 후원받은 상품들을 판매하거나 혹은 한국의 '녹색가게'처럼 second-hand product를 지원받아서 판매하기도 합니다. 사회적 기업의 성공요소는 지속가능성과 사회적인 미션 기능을 모두 갖고 있어야 합니다. 제가 일한 C.A 기업은 그 요소를 모두 갖추고 있어서 지역사회 내에서도 인정받는 기업이었습니다. 그런 기업에서 실습하는 만큼 저는 C.A의 경영구조와 물품을 고객에게 판매하는 과정 그리고 직원들이 창고에서 일하는 모습을 자세히 관찰할 수 있었습니다. 제가 일했던 것 중에 기억에 남는 것은 후원받은 물품 중에서 적절한 상품들을 고르고 (옷, 장난감, 구두, 전자제품 등) 각 물품의 가격을 측정하는 일이었습니다. 이러한 작업은 사소해 보여도 사회적 기업을 지속경영할 수 있게끔 하는 원동력입니다.

물론 일하면서 부족한 부분도 보았습니다. 그중 한 가지는 노동력의 턱없는 부족함이었습니다. 그래서 저희가 실습으로 갔을 때도 이미 여러 명의 인턴 학생이 일하고 있었지만, 그래도 일손이 부족한 상황이었습니다. 취약계층에게 열려있는 job open 기업임에도 불구하고 이 기업의 일자리가 제대로 활성화되지 않은 것에 안타까움을 느꼈습니다. 또한, 오퍼레이션 프로세스 업무가 체계화되어있지 않고 그때그때 상품 있을 때마다 다르게 진행하는 업무 과정을 보며 매뉴얼이 없어서 불편함을 겪었습니다. 이런 불편함을 느끼는 것은 모두 사소한 것을 관찰하는 것에서부터 옵니다. 어떻게 하면 더 수월하게 일할 수 있을까를 염두에 두며 일하니, 일을 바라보는 시각이 달라졌습니다. 그리고 이런 부족한 부분들은 마지막 주 최종 그룹발표에 내용을 강조해 발표했습니다.

○ 가장 열매가 있었던 교내활동

늘 좋고 순탄했던 기억만 있던 것은 아닙니다. 서로 각기 다른 지역의 친구들이 모였기에 의사소통의 어려움뿐 아니라 A를 말해도 B로 전달되는 경우가 부지기수였습니다. 서로의 감정에 상처 줄 때도 있었고 프로그램을 중단하고 본국으로 돌아가려는 친구도 있었습니다. 이 모든 어려움 속에서 포기해버릴 것인가, 아니면 밝은 면을 보고 극복할 것인가는 저와 여러분의 선택에 달려있습니다. 선택권은 본인 각자에게 있다는 뜻입니다. 어둠을 선택하기로 했다면 결과 또한 어두울 것이고 밝은 것을 선택하면 열매를 풍성히 맺을 것입니다. 그렇기 때문에 저는 상황이 어떻게 되었든 감사함으로 받으면 버릴 것이 없다고 믿습니다.

저는 글로벌 서비스-러닝을 하면서 감사한 것이 정말 많습니다. 제가 지원한 시기는 서울여대가 마침 ACE 장학금을 받던 때였고 저는 그 장학금의 최대 수혜자입니다. 홍콩에 오가는 왕복 비행기 삯, 링난대학교 숙식비, 글로벌 서비스-러닝 프로그램 두 달간의 참가비 모두 ACE 장학금으로 받았고 개인적인 지출은 오로지 제가 지불하고 싶은 것에 대해서만 비용이 들었습니다. 또한, 그저 학교 수업을 듣는 교환학생을 넘어 지역사회의 사회적 기업에서 직접 실습까지 할 기회는 글로벌 서비스-러

나눔의 **온도**
배움의 **품격**

닝뿐이었습니다. 사회의 이슈에 관심을 갖고 다섯 개국 친구들이 모여서 서로 토론하고 의견을 적극적으로 내는 모습은 제가 어디서도 경험할 수 없었던 소중한 시간이었습니다.

○ 성장하고 싶다면 두드려라, 그리하면 열릴지니

강의자가 강의할 때 중간에 질문이 있는지 자주 물어보았습니다. 그때마다 한국을 제외한 다른 국가의 친구들은 손을 들고 별 것 아닌 질문인데도 자신 있게 질문하는 모습을 보고 굉장히 멋있다고 느꼈습니다. 한국 같으면 '왜 저런 것을 질문하지?'라고 속으로 생각할 법한 질문들도 있었습니다. 하지만 처음에 기본적인 질문으로 시작하다가 점차 현미경으로 보듯이 깊게 파고드는 그들의 질문 내용을 보며 감탄할 수밖에 없었습니다. 저는 그들의 발표 태도에서 적극성을 보았고 이는 저의 부족한 부분이었기에 배웠습니다. 그래서 그다음 수업에는 제가 질문하려고 손을 들었습니다.

글로벌 서비스-러닝에서 습관이 된 것은 '주간 피드백'입니다. 주간 피드백은 일주일간 있었던 크고 작은 사건들을 정리하여 기록으로 남기는 것입니다. 사소해 보이지만 쌓이고 나면 아무도 빼앗아 갈 수 없는 저만의 재산이 되었습니다. 이것은 회사에서 일할 때에도 마지막 달에 1년간의 성과를 정리하면서 자기

피드백을 하는 데에 아주 큰 도움이 됩니다. 지나고 나면 잊기 쉬운데 기록으로 남겨 놓으면 사건 정리가 되고 다음 단계를 어떻게 밟아야 할지 큰 그림도 볼 수 있습니다.

마지막으로 글로벌 서비스-러닝을 하며 제가 성장한 부분은 사소한 것에 마음을 다하는 자세입니다. 회사에서 사원으로 입사할 때 보통 큰일을 맡아서 하고 싶어 합니다. 하지만 아무도 그 사회 초년생에게 큰 업무를 맡기지는 않습니다. 작은 일, 사소한 일부터 시킵니다. 그리고 그것을 잘 해낼 때 다음의 업무가 주어집니다. 만약 사소한 것을 대충한다면 다음 단계가 늦게 주어지거나 혹은 다른 사람에게 주어질 수 있습니다. 사소한 것에 충실히 하는 것은 큰일도 잘할 수 있다는 믿음을 심어주는 것과 다름없습니다. 처음에는 회사에서 작은 일을 할 때는 '왜 내가 대학을 졸업하고 이 일을 해야 하지?'라는 생각이 올라올 때가 있습니다. 하지만 그런 생각이 올라올 때 '이 일에서 내가 배워야 할 점이 있다, 그게 무엇일까?'라는 자세로 임하면 버릴 것이 없어집니다.

저는 처음부터 적극적인 사람도 아니었고 불안함이 가득한 사람이었습니다. 하지만 변화할 수 있다, 성장할 수 있다는 믿음을 갖고 임했더니 어느 순간 제가 그리던 모습으로 성장한 저의 모습을 보았습니다. 사회에 나가기 전에 경험이 부족한 것은

나눔의 **온도**
배움의 **품격**

아닌지에 대한 불안함과 결핍이 제가 공고문을 적극적으로 찾아보는 계기가 되었고, 그렇게 찾아온 기회를 놓치지 않으려고 부단히 애를 썼습니다. 결핍을 결핍으로만 본다면 저의 성장은 거기서 멈췄을 것입니다. 결핍을 저의 성장에 좋은 재료가 될 것이라는 믿음과 확신으로 나아가니 이상으로 열매를 맺는 걸 보았습니다. 글로벌 서비스-러닝은 저에게 그런 발판이 되었고 돈으로 환산할 수 없는 가치를 선물해 주었습니다. 그래서 서비스-러닝에 참 감사합니다.

나의 성장의 계기

가시 많은 꽃 같았던 서비스- 러닝이 준
'경험'이라는 선물

○ 그런 기억이 있다

그런 기억이 있다. 시간이 흐르면서 빛바래는 기억, 점점 더 빛나는 기억 그리고 나를 빛나게 하는 기억. 서비스-러닝(Service-Learning)은 나를 빛나게 하는 기억이다.

'모두가 평범한 다수'였다. 첫 서비스-러닝 모임 당시 느꼈던 감정이다. 이는 현장에 나갔을 때도 다르지 않았다. 찾아온 이, 맞이하는 이 모두가 평범했다. 한 학기 동안 서비스-러닝을 통해 변한 점이 있다면 평범했던 다수가 세상을 반짝이게 할 수 있다는 것을 깨달은 점이다.

○ 너는 여전히 빛나고 있길 바라

나는 갓 대학에 적응을 마친 2학년이었다. 의류학과 학생이었으며 선생님을 동경하는 어린 내 모습과 다른 것이 없어서, 교수님이 좋아서, 뭔지도 모르는 서비스-러닝에 발을 들여놓았다. 환경만큼이나 큰 영향을 미치는 것이 사람이다. 특히 좋아하는 사람의 영향력은 어마어마하다. 그 당시의 나는 송미경 교수님을 좋아했다. 이유는 잘 모르겠다. 교수님을 많이 좋아했고 그 감정이 아련히 남아있다. 그냥 좋아하는 교수님의 강의였기에 〈한국복식사〉라는 강의를 수강했다. 그리고 좋아하는 교수님의 제안이었던 서비스-러닝 또한 수강했다. 내가 좋아하는 그 사람의 제안이 내 인생의 새로운 시작점이 되었다.

내가 타인에게 영향을 미칠 수 있는 사람이 된다는 것, 그 매력과 두려움을 동시에 느꼈다. 선생님이란 역할을 처음 이해한 순간이었다. 나의 말 한마디, 나의 선택의 파급력을 경험했다. 연지 초등학교 방과 후 교실에서 3, 4학년 학생들을 맡았다. 지식을 전달할 능력이 없어서라는 단순한 이유로 체험 위주의 프로그램을 만들었다. 강의식이 아닌 활동을 통해 아이들이 우리의 전통문화를 이해하길 바랐다. 대부분의 프로그램을 미술 활동으로 구성했다. 전래동화의 삽화를 그리고, 한복 인형 옷도 만들어 보고, 탈을 만드는 등의 활동이었다.

한 아이를 만났다. 누구보다 빛나는 재능을 가진 아이였다. 이 아이의 무심한 손끝은 새로운 세계를 열어주는 열쇠 같았다. 하지만 아무도 이 아이의 손끝을 보려 하지 않았다. 아니 보이지 않는 듯했다. 선생님은 생각했던 방향과 다르게 결과를 풀어내는 아이를 '이해력이 떨어진다'고 정의했다. 아이의 부모는 무관심했고, 친구들은 자신들과 다른 이 아이를 포용하지 못했다. 자신은 계속 자신을 표현하는데 아무도 그 외침을 알지 못

나눔의 온도
배움의 품격

했다. 아이는 천천히 모두와 멀어지는 중이었다.

소름이 돋았다. 가장 빛나야 할 아이가 가장 어둠 속에 웅크리고 있다는 사실이. 그리고 무서웠다. 아이의 사인을 알아본 사람이 아무것도 해줄 수 없는 나라는 사실에. 아이의 특별함을 깨달은 날, 나는 밤새 울었다. 모자란 나 자신에 대한 분노, 무기력한 나를 발견한 것에 대한 공포. 여러 가지 감정이 섞인 눈물이었다. 그리고 이날의 눈물은 누군가를 알아보고 어떠한 도움을 줄 수 있는 사람이 되겠다는 다짐이 되었다. 아이는 내가 힘들 때마다 마음을 잡는 주문이 되었다.

'다시 만나는 그 날까지 빛나고 있어 줘. 그땐 내가 널 꼭 잡아줄게.
그런 사람이 될 수 있게 노력할게.'

○ 주문, 그 강한 마력

주문은 강하게 나를 사로잡았다. 지독한 성장통의 시작이었다. 마지막 수업이 끝나고 이 아이는 날 꼭 껴안았다. 눈물을 흘렸다. 아이와 나는 오랫동안 서로에게서 떨어질 수 없었다. 마지막까지 놓지 못한 아이의 손이 기억나 다시 학교를 찾았을 때 이제는 방과 후 수업에 나오지 않는다는 이야기를 들었다. 아이를 위한 그림 도구는 다른 아이의 빛이 되길 바라며 교실에 두고 왔다. 누군가의 빛을 알아볼 수 있길, 그런 사람이 될 수 있길.

○ 경험에 대한 열망

경험만이 그런 능력을 키워주는 방법이라 생각했다. 해볼 수 있는 건 다해보자는 마음이었다. 서비스-러닝에서의 경험은 대학 시절 다양한 경험을 쌓는 계기가 되었다. 일단 학교에서 진행하는 해외 봉사, 파견, 통역 프로그램은 대부분 참여했다. 그리고 일본 교환학생까지 다녀오며 세상을 바라보는 시야를 넓혔다. 이를 계기로 자립심은 물론, 외국어 능력, 다문화를 이해하는 마인드 또한 갖추게 되었다. 일본 유학 시절 경험한 유니클로(uniqlo)에서의 아르바이트는 한 단계 더 성장하게 되는 계기가 되었다. 해외에서 '일'을 한다는 것은 생각했던 것만큼 쉽지 않았다. 언어적인 문제부터 현지 특유의 관습문제까지. 생각하지 못했던 다양한 문제가 업무 곳곳에 도사리고 있었다. 반년간의 짧은 경험이었지만 후에 해외에 취업을 결정할 때 많은 도움이 되었다.

세계문화체험이라는 학교 프로그램으로 태국에 파견되었을

나눔의 **온도**
배움의 **품격**

때의 일이다. 모든 일이 그렇듯이 해외자원봉사도 계획했던 대로 흘러가지 않았다. 특히 오지의 초등학교에서 활동할 때는 전기 사용에 대한 제약으로 계획 변경이 불가피했다. 팀에서 홀로 해외파견 경험이 있는 멤버였던 나는 이 상황을 빠르게 판단하고 결정을 내려야 했다. 오디오, 비디오 등을 사용해야 하는 교육 프로그램은 과감하게 취소했다. 그리고 가지고 온 준비물들을 체크하고 특별한 장치 없이 교육을 진행할 수 있도록 멤버들에게 용도 변경 아이디어를 제공하고 준비를 부탁했다. 또한, 새로 준비된 프로그램을 진행하기 위해서 학교 측에 사정설명을 했다. 기존 자료를 아이들이 자신만의 이야기를 꾸밀 수 있는 그림책 만들기로 변경했고, 성공리에 프로그램을 끝낼 수 있었다.

교내 프로그램뿐 아니라 대외프로그램에도 참석했다. G20(Group of 20)[13]이 서울에서 열렸을 때 일반인 자원봉사자 리더로 선발되었다. 이때 받은 리더 교육은 학교에서 배웠던 나와 우리 그리고 사회에 대한 인식을 새로이 가지게 되는 계기가 되었다. 각자의 자리에서 자신의 맡은 바 책임을 다하는 것이 얼

---

13   G20(Group of 20): 주요 20개국 정상들의 회의.

마나 중요한 것인지 배웠다. 그리고 후에 현장에 투입되었을 때, 일반인 자원봉사자 리더로서 현장을 읽고 관리하는 것이 얼마나 힘든 일인지 알게 되었다. 리더가 가진 책임감의 무게를 실감했던 순간이었다. 이러한 경험으로 쌓인 성과에 자신감을 얻은 나는 다양한 도전을 시도했다.

○ HOMO EATERS

서로 다른 개성을 지닌 여섯 명의 친구들과 공동 블로그 프로젝트를 시작했다. '생각을 먹는 사람들'이라는 뜻의 'HOMO EATERS'라고 이름 붙였다. 매주 한 가지 테마를 정해 테마에 대한 자기 생각을 블로그에 각자 써 내려갔다. 이런 작업으로 매주 한 주제에 관한 여섯 가지 생각이 모이게 되었다. 포스팅을 위해 구상하는 것만으로도 하루가 두근거리고 신났다. 그리고 한 주제에 대한 다양한 생각을 공유할 수 있다는 점에서 짧고 강렬하게 주목받는 매체가 되었다. 취업준비 등으로 인해 오래 지속할 수는 없었지만, 나의 기획력에 대해 믿음을 가지는 계기가 된 경험이었다.

이러한 활동 등으로 내가 신문기사와 잡지의 인터뷰 대상이 된 적이 있었다. 그때 나를 인터뷰하던 그들의 모습과 테마를

나눔의 **온도**
배움의 **품격**

고민하던 내 모습을 다시 비추어 보았다. 이 시기의 나는 나 자신의 내면의 목소리를 듣지 않은 것과 하지 않은 것에 대한 후회를 남겨 두지 않기 위해 발버둥 치고 있었다.

○ 열정에 취하다

열정에 취해 있었다. 단조로운 것을 견디지 못했다. 계속해서 아이디어를 냈고 무언가를 실현하기 위해 애썼다. 경험에 대한 강박감이 있었다. 일본 유학 시절 성공적인 파티 개최로 교환대학 유학생지원팀으로부터 재정을 지원받고 이를 월례행사로 자리 잡게 한 경험이 있었다. 유학생과 일본 학생이 함께 만날 수 있는 장인 파티를 열기로 했다. 자유롭게 대화할 수 있는 파티를 여는 것을 목표로 기숙사 라운지를 활용하고 SNS 페이지를 만들어 파티 정보를 공유하여 월 1회 파티를 열었다. 회를 거듭할수록 참여가 활기를 띠어 다양한 국적의 유학생들이 고국의 전통 요리를 만들어 함께 나누어 먹기도 했다. 이처럼 열정이란 새로운 것을 만들어 내는 힘이었다. 하지만 동시에 경험에 대한 강박감이 나를 사로잡아가고 있다는 것을 이 시기에는 깨닫지 못했다. 또한, 아이디어에 대한 호평은 더 나은 아이디어를 제시해야 한다는 압박이 되었다.

사회에서의 나의 역할에 대해 고민이 시작되었다. 졸업은 다가오는데 나는 나의 모습에 만족하지 못했다. 서비스-러닝을 통해 배웠던 나, 우리, 사회의 순서로 나는 깨우치고 있었다. 무기력해졌다. 교과서에서나 배웠던 '지식인으로서의 나'의 역할을 고뇌했다. 끝없는 고뇌의 연속이었다. 이 시기에 나를 붙잡아주었던 것이 칼럼이었다. 내 생각을 글로 쓰기 시작했다. 아무도 봐주지 않아도 나는 내 생각을 표현해야만 했다. 사회 전반적인 분위기가 어두웠던 탓일까, 나도 어두워졌다. 그 당시 쓴 짧은 칼럼 하나를 소개한다.

상실의 시대

최근 우리 사회가 뒤숭숭하다. 쌓이고 쌓여온 불신의 벽이 이젠 벽의 반대편이 보이지 않을 만큼 높아졌다. 지난 대선 당시 국민의 의견은 절반으로 나뉘었다. 극명한 대립 속에 서로를 이해하지 못했다. 분란과 혼란의 시대에 새로운 대통령이 탄생했다. 국민을 양립하게 만들었던 한 사람과 그의 그림자가 국가가 되었다. 국민은 국가에 화합과 진실을 요구했다. 오해를 씻어내고 화해하길 원했다. 그러나 새로운 국가는 화해의 제스처를 보여주지 않았다. 진실은 묻어두었다. 화해를 보

나눔의 온도
배움의 품격

여주지 못한 국가는 국민의 신뢰를 잃었다. 처음엔 1년 차의 미숙함이라며 여러 가지를 이해하려 노력했다. 하지만 불신이 터져버렸다. 애써 외면해왔던 불신과 몰상식의 세상이 눈앞에 나타난 것이다.

세월호. 의문 가득한 구조작업과 잘못된 정보를 국민은 이해할 수 없었다. 정부의 무능 때문에 많은 생명이 수장된 것은 더더욱 이해할 수 없었다. 생명을 저버린 국가를 원망했다. 분노와 슬픔의 시간을 보냈다. 더 이상 이해할 수 없는 일이 일어나지 않길 바랐다. 정부는 변화를 예고했다. 대통령은 눈물을 보였다. 국민의 요구에 응답하겠노라. 눈물 뒤에 숨어있던 카드는 의문을 불러왔다. 국민이 원하는 변화와 달랐다. 다시 대통령은 답했다. 내각 재편성을 통해 신뢰를 회복하겠노라. 세월호 사건에 책임을 지고 물러난 정홍원 총리의 후임을 물색하던 청와대. 대통령은 흔히 말하는 '국민의 정서와 맞지 않은' 사람을 총리 후보로 지명했다. 국민은 의아했다. 다시 나타난 새 후보. 국가는 진실과 화해의 시대가 아닌 상실의 시대를 불러왔다.

국민은 국가를 믿을 수 없다고 말한다. 그리고 국민은 국민을 믿지 못하고 국가 또한 국민을 믿지 않는다. 신뢰를 상실한 사회가 되었다. 신뢰를 상실한 사회는 상식 또한 상실했다. 대통령의 인사人事는 취임 이래 한결 같았다. 대통령의 상식에 적합한 사람. 하지만 국민의 상식엔 적합하지 않은 인재. 대통령의 인재人材는 국민에게 인재人災였다. 윤창중은 성 추문을 일으켰다. 윤창중은 상식에 벗어나지 않은 범위 내의 스킨십이었다고 주장했다. 그러나 국민의 상식에서는 벗어났다. 또한, 총리 후보였던 문창극은 상식이 사라진 사회의 대통령이었다. 자신만의 상식을 강요했다. 그러나 결국 국민과의 괴리로 사퇴를 선언했다. 모든 책임을 타인에게 돌려놓았다. 서로를 이해하지 못하는 상황이 되자 책임론이 불거졌다. 누군가는 상실의 시대에 책임을 져야 한다고 주장했다. 나라 전체가 사냥할 마녀를 찾아나서는 형국이 되었다.

마녀가 화형당하기 직전이다. 마녀를 찾아내어 처형할 것인가? 마녀를 잡아낸 다음에도 문제가 해결되지 않는다면 제물이 될 새로운 마녀를 찾을 것이다. 상식의

나눔의 **온도**
배움의 **품격**

부재가 국민과 국가의 골을 만들었다. 그렇다면 이 깊은 불신의 골을 메울 무언가를 찾아 나서야 한다. 마녀의 시체로 이 틈을 채울 것이 아니라면 말이다. 동화에는 용사가 등장한다. 용사는 걱정의 근원을 제거하여 사회의 안정과 행복을 안겨준다. 상실의 시대의 막을 내려줄 용사가 필요하다.

조수빈

　이러한 생각의 표현, 고뇌의 시기를 거쳐 나는 표현력이라는 능력을 갖추게 되었다. '프레젠테이션, 소통 능력이 뛰어납니다.' 내가 직장에서 받았던 평가다. 고객에게 상품의 이미지와 의도를 전달 혹은 프로모션을 기획하기 위해서는 이 능력들이 뛰어나야 했다. 나는 이에 적합한 인재였다. 전 직장에서 항상 지점장을 대신하여 지점 대표자 회의에 들어가서 지점 프레젠테이션을 진행했고 줄곧 월말 프레젠테이션 시험에서 1등을 차지했다. 또한, 이해력이 뛰어나다. 자신과 다른 입장의 사람을 이해하는 것이 사회의 소통의 기초라 생각한다. 이러한 이해력을 바탕으로 창의적인 사고를 하게 되었다.

○ Ing…

고뇌를 통해 내 능력을 깨달은 나는 이 능력을 잘 발휘하여 사회에 기여하고 싶어졌다. 그래서 나는 회사를 그만두고 학교로 돌아왔다. 교육을 공부하며 교육프로그램을 개발하는 일을 하고 있다. 내가 누군가에게 영향을 미칠 수 있는 사람이 된다는 것, 서비스-러닝을 시작하기 전에는 생각조차 해보지 못한 일이다. 서비스-러닝이 준 작은 기회와 영감이 지금의 나를 만드는 계기가 되었다.

물론 이 과정이 항상 아름답고 달콤하지 않았다. 그러나 나는 이렇게 생각한다. 달콤한 기회를 주는 건 쉬운 일이지만 고뇌의 기회를 주는 것은 쉽게 할 수 있는 일이 아니라고. 서비스-러닝은 어린 나에게 고뇌의 기회를 주었다. 나의 역할에 대해 고민하게 하고 나의 능력을 어떻게 사회에서 발휘할 것인지 생각하게 했다. 아직 나의 고뇌는 현재진행형이다. 고뇌를 통한 성장 또한 현재진행형이다.

나는 진행 중이다. 끊임없이.

나눔의 **온도**
배움의 **품격**

식품영양학과_14학번_허영은

안녕, 캄보디아

○ 도전한다는 것

고등학생 때 나는 대학생은 좀 더 멋진 사람이라고 생각했다. 아름다운 캠퍼스 속에서 각자의 길을 위해 노를 젓는, 빛나는 청춘을 그렸다. 그런데 막상 새내기가 된 나는 생글생글한 겉모습과는 달리 늘 마음 한쪽이 시렸다. 혼자 올라온 서울은 지하철 표 하나 제대로 못 뽑는 촌뜨기에게는 너무 춥고, 정신없고, 외로운 도시였다. 성적에 맞춰 온 전공은 다행히 아주 안 맞지는 않았지만, 그렇다고 너무 재미있지도 않았다. 그렇게 어영부영 1년이 가버리고 겨울방학이 다가올 무렵, 나는 그냥 여행이나 떠나버리고 싶은 마음뿐이었다. 생각이라는 걸 하고 싶었다. 이대로는 안 될 것 같아서….

그런데 그때 문자가 왔다. 나는 정말 기회라고 생각할 때는 소름이 돋는데, 그 문자를 본 순간 온몸에 소름이 돋았다.

'캄보디아(Cambodia) 글로벌 서비스-러닝(Global Service-Learning) 학생들을 모집합니다. 자세한 사항은 홈페이지를 참고해주세요.'

그렇게 나는 캄보디아 글로벌 서비스-러닝을 시작하게 되었다. 나를 알아가는 도전을 시작하게 된 것이다.

나눔의 **온도**
배움의 **품격**

○내가 몰랐던 나

　나를 포함한 열다섯 명의 반짝이는 별들이 캄보디아를 위해, 2주간의 우리의 여행을 위해 추운 겨울 동안 부지런히 머리를 굴렸다. 우리는 캄보디아 교회와 학교를 돌아다니며 진행할 프로그램을 기획해야 했고, 나는 더 많은 것을 보고 느끼기 위해 이 모임의 팀장이 되었다.

　프로그램 기획은 어려우면서도 재밌는 구석이 있었다. 아무 도움 없이 우리 스스로가 모든 기획부터 준비물 준비, 기업에 물품요청을 하는 것 등의 일은 처음에는 좀 어려운 일이었다. 하지만 '무'에서 '유'가 된 프로그램이 내가 가보지 못했던 곳, 새로운 나라, 새로운 장소에서 맑은 눈의 새로운 사람들과 함께 시작될 생각을 하니 마음이 벅차고 설렜다. 그리고 이런 마음 하나하나가 모여 준비된 우리는 드디어 캄보디아로 떠났다.

　캄보디아에서의 첫날, 햇살은 굉장히 뜨거웠다. 하지만 그만큼이나 캄보디아 아이들의 눈은 빛났고 사랑스러웠다. 우리는 아이들과 함께 '명찰 만들기'와 '곰 세 마리 동요 부르기', '이 닦기 놀이'를 했다. 미리 내용을 캄보디아어로 바꿔 사전에 많이 준비했던 '동요 부르기'는 성공적이었지만, 나머지는 높은 언어의 장벽을 실감했다. 그래도 아이들은 좋아해 주었고 아직은 낯설고 서투른 우리에게 예쁜 마음을 열어 주었다.

둘째 날에도 우리는 이 작고 아담한 마을에 와서 아이들의 예쁜 얼굴에 페이스 페인팅(Face Painting)¹⁴을 하고 그 전날 밤 열심히 연습했던 풍선 왕관, 풍선 꽃도 만들어 선물했다. 그리고 마지막으로 한국에서 큰 비닐봉지에 가지고 온 옷들을 산타 할아버지처럼 아이들에게 나누어 주었다. 비행기에서 짐이라고만 생각했던 그 옷들을 아이들이 너무 좋아하는 모습에 더 많이 가져올 걸, 캐리어에도 더 넣어서 올 걸 하는 아쉬운 마음이 들었다.

마을 아이들과 작별인사를 할 때는 나도 모르게 눈물이 났다. 짧은 시간이지만 우리랑 놀아줘서 너무 고맙다고 아이들에게 인사를 하는데 그냥 눈물이 났다. 나는 내가 꽤 이성적이고 차가운 사람이라고 생각했는데 좀 충격이었다. 생각보다 나는 따뜻한 사람이고 낯선 이들에게도 마음을 열 수 있는 밝은 사람이라는 것을 깨달았다.

다섯째 날, 우리는 시아누크빌(Sihanoukville)에서 프놈펜(Phnum Penh)으로 이동했고, 그곳에서 필요한 준비물을 샀다. 그리고 인솔자 선생님의 인맥으로 운 좋게도 캄보디아에서 창업가로 살고 계신 한국인분들과 저녁 식사를 함께했다. 그 저

---

14 페이스 페인팅(Face Painting): 피부에 사용 가능한 물감을 이용해 얼굴에 그림을 그리는 작업.

나눔의 **온도**
배움의 **품격**

녁 식사에서 지금까지도 내게 큰 울림으로 남아 있는 말을 어떤 여성분께 듣게 되었다. 그분은 캄보디아에서 커피 사업을 하고 계셨고, 그와 동시에 캄보디아 학생들의 취업을 도와주는 존경스러운 삶을 살고 계셨다. 그분께서는 캄보디아로 봉사활동과 나를 찾는 수업을 하러 온 우리의 이야기를 듣고 이렇게 말씀하셨다.

"사람이 30살이 되면 그 사람의 선입견에서 벗어나는 것이 어려워요. 여러분들이 젊을 때 더 많은 것을 경험하고 공부해서, 더 넓은 세상을 볼 수 있는 사람이 되셨으면 좋겠네요."

나는 이 말이 곧 글로벌 서비스-러닝의 취지라고 생각했다. 나는 이곳에서 나의 모습에 집중하려고 노력하며, 어쩌면 새로운, 어쩌면 뻔한 나의 모습을 찾아야겠다고 다시 한번 다짐했다.

캄보디아에서의 아홉째 날, 벌써 우리의 수업 또는 우리의 여행의 반이 지났다. 그동안에 우리는 작은 마을의 아이들부터 한국을 사랑하는 캄보디아 대학생들, 한국 창업가들과 현지 교회 사람들까지 다양한 사람과 문화를 교류하고 마음을 주고받으며 즐거운 시간을 보냈다. 이날은 그 전날들 못지않게 내게 특별한 하루였다. 우리는 바탐방(Bat Dambang)으로 이동해 '우리들의 학교'라는 곳에 도착했다. 오랜만에 아이들과 하는 활동은 우리를 들뜨고 설레게 했고, 긴장되는 마음으로 전날 미리 프로그램 회의를 진행했었다. 그리고 그 회의에서 예정에 없던 새로운 프로그램이 탄생했다. 인솔자 선생님께서 캄보디아에는 분리수거 개념이 제대로 잡혀있지 않다며 아이들에게 분리수거 교육을 해보지 않겠냐는 좋은 제안을 내주셨기 때문이다. 마침 나는 캄보디아에서 우리가 간 이후에도 지속적으로 할 수 있는 프로그램을 진행하고 싶었기 때문에 선생님의 제안이 너무 감사했다. 그래서 우리는 큰 비닐봉지를 3개 준비하고 현지 친구의 도움을 받아 캄보디아어로 '페트병', '일반 쓰레기', '종이'라고 쓰인 팻말을 3개 준비했다. 갑작스러운 기획이었지만 그 프로그램은 그 날 놀라운 결과를 가져왔다.

당일, 한 교실에서 아이들을 3분단으로 나누어 즐거운 게임을 해보자고 하고, 우리가 먼저 그 분리수거 게임을 어떻게 하는지 시범을 보여줬다. 게임의 주는 어느 팀이 더 빨리 더 정확히 분리수거를 하나였고, 게임을 하는 동안에는 신나는 곰 세 마리 노래가 흘러나왔다. 아이들은 그 게임을 너무 재미있어 했고, 우리는 굉장한 뿌듯함을 느끼며 수업을 마쳤다.

그리고 쉬는 시간, 우리는 정말 깜짝 놀랐다. 학교운동장에 나온 아이들이 시키지도 않았는데 스스로 쓰레기를 주워서 봉투를 들고 있던 우리에게로 달려왔다. 하나같이 예쁘고 고운 고사리손에 쓰레기를 가득 쥐고는 총총 달려오는 모습이 너무 사

나눔의 **온도**
배움의 **품격**

랑스러웠다. 어느새 쓰레기 밭이었던 운동장은 거짓말처럼 말끔해졌다. 학교 선생님들이 우릴 보며 활짝 웃었다. 그 순간 너무 행복했고 보람찼다. 나는 그때 생각했다. '나는 이런 것에 재미를 느끼고 열정을 가지며, 보람을 느끼는구나.' 내가 '기획'이라는 것이 좋아지기 시작한 뜻깊은 순간이었다.

○ 서로를 알아간다는 것

열다섯 명은 타지에서 돌아다니기에는 좀 버거운 수지만, 타지에서 의지하기에는 더할 나위 없이 든든한 숫자다. 처음 우리가 하나로 모였던 날, 가뜩이나 공통점을 찾기 힘든 대학 친구 중에서도 우리는 참 다양했고 각각의 개성이 뚜렷했다. 프로그램을 기획할 때도 각자의 일에는 열중했으나 하나로 똘똘 뭉친 적은 없었다.

그러나 그랬던 우리가 변화한 것은 캄보디아라는 타지의 뜨거운 햇볕과 여러 위기의 순간들을 함께 겪으면서 조금씩 서로를 알아갔기 때문이다. 함께 활동하면서 보여주었던 성실함과 노력의 순간들에 우리는 서로를 믿었고, 타지에서 물갈이로 힘들어할 때나, 뱃멀미와 귀에 염증이 나서 고생할 때에는 서로를 다독이고 살펴주며 친구가 되었다. 그중에서도 우리가 정말 오롯이 하나가 된 순간이 있었는데, 그것은 바로 숙소에 물이 끊긴

사건이었다.

　그 날은 근 이틀 동안 마을 봉사를 하던 우리에게 꿀 같은 휴가였다. 캄보디아의 아름다운 섬에 가보기로 한 날이었고, 그동안 바지만 입었던 우리들은 오랜만에 원피스도 입고 흰옷, 청바지에 멋을 부렸었다. 뱃멀미를 견디고 바다를 시원하게 가르며 도착한 그 섬은 〈캐리비안의 해적〉에 나올 법한 신비롭고 이국적인 곳이었다. 우리는 너무 신이 나서 푸른 바다로 뛰어들었고, 사진도 많이 찍고 맛있는 과일과 점심을 먹으며 휴가를 즐겼다. 그리고 숙소로 들어왔는데… 깔깔깔 웃으며 씻으려고 하는데… 물이 안 나왔다.

　깨끗하고 투명한 물은 점점 물줄기가 약해지더니 펑하는 소리와 함께 흙탕물로 바뀌었다. 오늘 하루가 너무 완벽했는데 상쾌하게 씻은 뒤 회의하고 일찍 잠들면 정말 딱 완벽한 하루였는데 물이 말썽을 부렸다. 우리는 이 흙탕물을 보고 당황했고 좌절했고 짜증도 났다. 하지만 이내 마음을 바꿔서 해결방안을 찾아 숙소를 제공해주신 학교 측에 연락을 드렸다. 관계자분께서 물이 몇 시간 동안 이럴 것이라며 우리가 쓰는 방외에 다른 쪽에 깨끗한 물이 나오는 곳에서 씻을 수밖에 없다고 하셨다. 우리는 샤워 도구를 들고 깨끗한 물이 나오는 곳으로 무리 지어 흩어졌다. 하지만 거기에서도 깨끗한 물은 조금씩 나오고 있

나눔의 **온도**
배움의 **품격**

었고 심지어 불도 안 켜지는 곳도 있었다. 이런 상황에서도 우리는 서로 양보했고, 서로 휴대폰 불빛을 비춰주고 물을 퍼다 주고 서로를 위해 기다려주었다. 그렇게 열다섯 명 모두가 씻을 수 있었고 그 날 회의는 늦어졌지만 다들 이 상황을 이겨냈다는 것에 기뻐하며 즐거워했다. 그 날은 물의 소중함을 느꼈을 뿐만 아니라 서로에게 고마움을 느낄 수 있었던 날이었다. 그렇게 우리는 하나가 되었다.

○ 네가 본 것이 전부가 아니다

캄보디아 글로벌 서비스-러닝을 떠나기 전의 일이다. 오리엔테이션을 할 때도, 먼저 다녀온 선배 기수분들의 이야기를 들을 때도, 인솔자 선생님과 함께 회의할 때에도 해외 봉사를 다녀온 분들은 하나같이 비슷한 얘기를 하셨다. "네가 본 것이 전부가 아니다. 함부로 성급하게 그들을 판단하지 마라." 처음에 이 말을 들었을 때는 도대체 무엇을 보고 무엇을 성급하게 판단하면 안 된다는 건지 이해가 되질 않았다. 그리고 캄보디아로 떠났고, 캄보디아에서 활동 중에도 그 말을 잊고 지냈다. 그런데 딱 그 말이 머릿속에서 번개처럼 스쳐 지나간 날이 있었다. 일곱째 날이었다.

일곱째 날은 빈민가 아이들과 함께 페이스 페인팅도 하고 게임도 하는 날이었다. 한국인 목사님이 계신 교회에서 평소에도 근처 빈민가 아이들을 위해 여러 활동을 많이 했는데, 그 날은 그곳에서 우리의 프로그램을 진행하게 된 것이다. 이날 하려고 했던 활동들은 모두 그 전의 마을 아이들과 함께해 본 적이 있었기 때문에 우리는 그 날 활동이 아주 수월할 것이라고 생각했다. 준비도 많이 했고 이제 아이들과 하는 활동이 어렵지 않다고 생각했다. 하지만 그 날은 우리가 캄보디아에서 있었던 날 중에서 최고로 정신없는 날이었다. 그곳 아이들은 너무 질서를 안 지켰고 제멋대로 돌아다니며 우리의 말을 귀담아듣지 않았다. 그리고 그중에서도 제일 장난이 심하고 못된 한 남자아이가 있었다. 그 아이는 친구들이 쥐고 있는 풍선을 빼앗고, 친구들을 괴롭히고 심지어 우리가 마지막에 준 과자 더미도 친구들에게서 빼앗아 갔다. 우리는 가뜩이나 정신없는 와중에 그 아이가 울린 다른 아이들을 달래고 다시 새 선물을 주느라 기진맥진한 상태였다. 그리고 그 남자아이가 정말 못됐다면서 흉을 봤다.

활동이 끝나고 우리는 빈민가 아이들을 직접 집에 데려다주었다. 아이들의 손을 잡고 교회에서부터 빈민촌까지 걸어가는데, 점점 빈민촌에 다다를수록 우리의 표정이 어두워졌다. 길을 걸어갈수록·도로는 사라졌고 울퉁불퉁한 길 같지 않은 길

나눔의 **온도**
배움의 **품격**

들이 보였다. 갈수록 악취가 나며 쓰레기들이 많아졌고 주변이 황량한 풍경으로 변했다. 한번 발로 차면 무너질 것 같은 위태롭게 지어진 집들이 보였다. 순간 내 손을 잡고 환하게 웃는 아이들을 보며 더 이상 나는 환하게 웃을 수가 없었다. 그리고 아이들을 한 명 한 명 그들의 가족 품으로 보내주었다. 그 문제의 남자아이 차례가 되었을 때는 다른 아이들에 비해 별 감흥 없이 아이에게 작별인사를 해주었는데, 충격은 그때부터 오기 시작했다.

양손 가득 과자 더미를 꼭 쥐고 있던 그 남자아이는 집에 가자마자 엄마와 아빠, 동생들에게 그 과자 더미들을 전부 주었다. 우리가 교회에서 친구 것이니 돌려주라고 단호하게 얘기했을 때에도 펴지지 않았던 꼭 쥔 두 주먹이 가족들을 보자 바로 펴졌고, 그 아이는 모든 것을 가족들에게 주었다. 그리고 정말 예쁘게 웃었다. 신기했다. 아이가 악마에서 천사로 바뀌어 보이는 그 순간이. 그리고 그 말이 떠올랐다.

'네가 본 것이 전부가 아니다. 함부로 성급하게 그들을 판단하지 마라.'

그 아이는 그저 사랑하는 가족들과 맛있는 것을 함께 나눠 먹고 싶었던 것뿐이었다. 남의 것을 함부로 빼앗는 것은 '분명한 잘못'이지만, 사랑의 범위가 아직 가족까지 밖에 미치지 못해서 자기가 할 수 있는 최선을 다해 사랑한 그 어린아이를 누가 "못됐다!"고 말할 수 있을까. 우리의 기준으로, 나의 기준으로 내가 본 것만으로 그 사람들을 함부로 판단해서는 안 된다. 그건 우리나라에서도 마찬가지다. 이 경험은 성급했던 나에게 아주 큰 교훈을 주었다.

○ 안녕, 캄보디아

캄보디아에서의 2주는 정말 빠르게 지나갔다. 첫날, 둘째 날에는 느리게만 가던 시간이 캄보디아 더위에 적응하고 그 나라를 사랑하게 될 때쯤에는 이틀, 삼일이 몽땅 하루로 묶여서 지나가는 것 같았다. 드디어 일정의 마지막 날, 우리는 문화 체험으로 앙코르와트(Angkor Wat) 사원에 갔다. 2주 동안 지칠 대로 지친 우리는 그 거대한 앙코르와트 사원을 둘러볼 생각에 저절로 다리에 힘이 풀렸지만, 그래도 우리가 함께하는 마지막 캄보디아의 풍경을 본다고 생각하며 열심히 걸었다. 앙코르와트 사원은 화려하진 않지만 웅장했고, 그 벽 하나하나에 많은 이야기가 있었다. 그 사원을 걸으며 지난 2주간의 캄보디아를 떠올렸다. 내가 이곳을 오지 않았다면 어떻게 됐을까. 그냥 그 문자를 보고 머릿속에서 지워버렸다면…? 내가 좋아하는 것이 무엇인지 알지 못했겠지. 내가 보고 경험한 이 놀라운 것들을 해보지

나눔의 **온도**
배움의 **품격**

못했겠지. 지금 이 7대 불가사의의 경이로움 속에 내가 없었겠지. 이런저런 생각들이 머릿속을 돌아다녔다. 그리고 결국 나는 지금 내가 이곳에 있다는 것이 너무 행복했다. 함께 웃고 울며 고생한 친구들이 옆에 있었고, 우리의 2주의 마지막 날이었다. 아쉬움이 남았지만 우리는 어쩌면 몰랐을, 더 많은 세상을 얻고 한국행 비행기를 탔다.

○ 안녕, 4학년?

이게 벌써 어언 4년 전의 일이다. 이렇게나 생생한데 4년이라는 시간이 흘렀다니 감회가 새롭다. 대학 생활의 혼란 속에 있던 나는 지금은 1년째 휴학 중이고 이제는 곧 4학년을 앞두고 있다. 캄보디아 글로벌 서비스-러닝 이후에 나는 어떤 생활을 했나 되돌아보면, 사실 다른 학생들과 별반 다를 것 없는 평범한 2년을 보냈다. 수업을 듣고, 밤새 시험공부 하고, 집에 가고 싶어서 죽을 것 같을 때면 방학을 맞이하고 이런 일상의 반복이었다. 하지만 그 안에는 웃으며 볼 수 있는 글로벌 서비스-러닝 친구들이 있고, 학점이 안 돼서 수강하지 못한 경영학 복수 전공을 씁쓸해하며 한편으로 내가 좋아하는 마케팅 과목들을 교양으로 들으며 행복해했고, 새로 도전한 대외활동에서는 다시 팀장이 되어 매달 팀원들과 프로젝트를 기획하는 재미를 느꼈다. 또 내 전공과 그때 알게 된 내가 좋아하는 것들을 잘 섞어서 내가 가고자 하는 길도 정했다.

그리고 지금은 4년 전 내가 경험하고 깨우쳤던 나의 모습들을 생각하며 앞으로 나아가고 있다. 물론 때때로 이 길이 내가 정한 길이 정말 맞나, 제대로 가고 있는 것이 맞는 걸까 하고 불안해한다. '내가 식품 MD가 될 정도로 음식에 관심이 많은가?' '그만큼의 기획력이 나에게 있는 걸까?' 하면서 말이다. 그래도 이런 생각들이 덮쳐올 때쯤, 공모전에 떨어지고 또 떨어져서 포기할까 망설일 때쯤, 그때마다 캄보디아에서의 일들과 같은 또 다른 일들이 나에게 원동력을 준다. 그렇게 나는 또 한 번씩 재정비하며 천천히 앞으로 나아가고 있다. 이제 곧 4학년이 되어서 학교로 돌아왔을 때는 또 많은 새로운 기회에 도전하며 바쁘게 살게 될 것이다. 그리고 그런 와중에 문득문득 감사해 할 것이다. 지금 나의 푸른 가지 중, 하나의 큰 가지가 되어준 캄보디아에서의 날들을 떠올리며 말이다.

나눔의 **온도**
배움의 **품격**